AF455343

# PARIS HÉROIQUE

GRAND IN-8° TROISIÈME SÉRIE

LES LEÇONS DU PATRIOTISME
MORTS POUR LA PATRIE

Collection publiée sous la direction de M. A. DUBOIS

# PARIS HÉROIQUE

PAR

BERNARD DE LAROCHE

LIMOGES
**Marc BARBOU & Cie, Imprimeurs-Libraires**
RUE PUY-VIEILLE-MONNAIE

1886

# AUX ENFANTS FRANÇAIS

*Ce sont des pages douloureuses que celles que vous allez lire, mes enfants.*

*Cependant que la mémoire de ces heures terribles n'amène point, dans vos cœurs, la haine, triste idole des impuissants.*

*La Revanche, grâce à vous, ne sera pas la Poudre, mais la Lumière !*

*Ce sera, dans une couple de siècles, l'Europe* francisée *de cœur et de génie comme elle l'est aujourd'hui de langage.*

*Ce règne de l'intelligence ne vaut-il pas mieux que la vengeance du fer ?*

*Ce n'est pas le plus fort, c'est le meilleur et le plus instruit qu'il faut être, pour rester debout sur les ruines du temps. La valeur morale d'un peuple ne dépend pas de l'étendue de son tracé géographique. L'étoile la plus brillante au ciel n'a pas de diamètre appréciable; ainsi, dans la nuit du passé, un petit coin de terre, l'immortelle Attique, flamboie encore dans la mémoire du monde.*

*Le sabre allemand aurait pu faire plus encore le moulinet dans nos provinces, sans allonger d'une ligne la page que l'Histoire lui consacrera, car le travail et l'honneur seuls agrandissent une Patrie.*

*C'est à vous, Français de l'avenir, de reculer ainsi nos frontières.*

**L'auteur**

---

# POUR LA PATRIE

Ceux qui pieusement sont morts pour la patrie,
Ont droit qu'à leur cercueil la foule vienne et prie.
Entre les plus beaux noms leur nom est le plus beau:
Toute gloire près d'eux passe et tombe éphémère ;
Et, comme ferait une mère,
La voix d'un peuple entier les berce en leur tombeau !

Gloire à notre France éternelle !
Gloire à ceux qui sont morts pour elle !
Aux martyrs, aux vaillants, aux forts !
A ceux qu'enflamme leur exemple,
Qui veulent place dans le temple,
Et qui mourront comme ils sont morts.

(V. Hugo).

# PARIS HÉROIQUE

## I

### LA POLITIQUE CHEZ LA PORTIÈRE

Enfin faut qu'il « soyent » fous ces gens-là pour faire la guerre à une nation comme la France. C'est pas parce que c'est mon pays, Madame Collin ; j'y mets pas d'amour-propre, je vous le jure ; mais notre pays ne doit rien à personne, n'est-ce pas ; et, quand on ne doit rien à personne, on n'a pas le droit de se mêler de nos affaires que je dis.

— Sans doute, Madame Imbert ; cependant vous

voyez bien que les Prussiens s'en mêlent. Avez-vous une lettre pour moi, ce matin?

— V'la, ma bonne Madame Collin; même que je l'ai mise dans le tiroir de ma commode afin qu'on ne la prenne pas. Au jour d'aujourd'hui, on ne sait plus comment on vit, avec ces révolutions qui vous tournent les sangs!

— Ma lettre! ma lettre! interrompit Madame Collin; car la concierge restait plantée devant sa commode et ne songeait point du tout à l'ouvrir.

— V'la, ma bonne Madame Collin; même que je me suis dit, elle est de son garçon bien sûr et ce sera peut-être la dernière jusqu'à longtemps, puisqu'on dit que ces oiseaux de malheur marchent sur Paris pour nous faire périr par la faim et la soif. D'abord, moi, j'ai acheté deux sacs de riz; tout à votre service Madame Collin.

Madame Collin, désespérant d'avoir sa lettre, ouvrit elle-même la commode et y chercha des yeux la chère missive.

— V'la ma bonne Madame Collin; même que je l'avais mise sous mes mouchoirs pour qu'elle ne se perdre pas; au jour d'aujourd'hui...

Mais Madame Collin ne l'entendait plus. D'une main fiévreuse, elle avait brisé l'enveloppe et parcourait les yeux humides les lignes écrites par son fils.

La concierge, debout, au milieu de la loge, faisait, depuis cinq minutes, des clignements d'yeux significatifs à tous les locataires qui passaient. Et les ménagères, leur panier à la main, entraient et attendaient la fin de l'extase maternelle pour demander des nouvelles du garçon, de ce petit André qu'on avait vu grandir dans la maison et que tous les étages avaient bourré de tartines et, quelquefois, de taloches. Car il était bien turbulent, le gamin !

Avec sa tête lutine et fière, son auréole de boucles blondes, il avait l'air d'un petit diable ayant volé la perruque d'un chérubin.

— Et quel tapage, il faisait ! Vous souvenez-vous Madame Collin ? Avec ce gros tambour que le brocanteur d'en face lui avait donné ! Ça ne m'étonne pas qu'il soit devenu militaire. Il avait du goût à ça.

— Il va bien, votre garçon, Madame Collin ?

— Mais, non ; pas trop bien, le pauvre enfant. Il m'écrit qu'il a reçu une égratignure à Reischoffen, répondit Madame Collin, toute émue.

— André est blessé, maman ? s'écria une jeune fille qui venait d'entrer.

— Oh ! ce n'est rien, Madeleine ; du moins je l'espère. Si André était bien malade, il n'aurait pu nous écrire lui-même, aussi nettement, ces quatre pages.

Madeleine avait saisi avec empressement la lettre que Madame Collin lui tendait et debout, d'une voix claire, tout entière à son émotion, elle lisait :

« Ma chère petite maman »

— C'est un brave cœur, tout de même, dit la laitière du rez-de-chaussée, d'être toujours comme ça affectionné pour ses parents.

» La France n'a pas de chance, on aura beau se faire tuer pour elle, on aura grand'peine à la sauver.

» A l'heure où tu recevras cette lettre, les tristes nouvelles seront, sans doute parvenues à Paris.

» Ma dernière lettre, datée du 27 juillet, était remplie des espérances que toute la France partageait.

» Hélas ! ma chère maman ! que de déception en quinze jours !

» Le 28, au matin, on nous fit revêtir l'uniforme de grande tenue. L'Empereur, parti la veille de Saint-Cloud, était arrivé le matin à Metz. Vers dix heures, il nous passa en revue sur la place d'armes et fit afficher la proclamation suivante :

« Soldats !

» Je viens me mettre à votre tête pour défendre
» l'honneur et le sol de la Patrie.

» Vous allez combattre une des meilleures armées
» de l'Europe ; mais d'autres, qui valaient autant
» qu'elle n'ont pu résister à votre bravoure. Il en
» sera de même aujourd'hui.

» La guerre qui commence sera longue et pénible
» car elle aura pour théâtre des lieux herissés d'obs-
» tacles et de forteresses ; mais rien n'est au-dessus des
» efforts persévérants des soldats d'Afrique, de Crimée,
» de Chine, d'Italie et du Mexique. Vous prouverez une
» fois de plus ce que peut une armée française, ani-
» mée du sentiment du devoir, maintenue par la dis-
» cipline, enflammée par l'amour de la patrie.

» Quel que soit le chemin que nous prenions hors » de nos frontières, nous y trouverons les traces glo» rieuses de nos pères. Nous nous montrerons dignes » d'eux.

» La France entière nous suit de ses vœux ardents » et l'univers a les yeux sur vous. De nos succès dé» pend le sort de la liberté et de la civilisation.

» Soldats ! que chacun fasse son devoir et le Dieu des armées sera avec nous !

» NAPOLÉON. »

Au quartier impérial de Metz, le 28 juillet 1870 (1).

» Hélas ! ma chère maman, chacun a-t-il fait son devoir ? Nous nous le demandons et ne savons que répondre.

— Pour ça non, interrompit la locataire du second dont le mari avait un emploi à l'hôtel-de-ville. Paul, qui est « dans les bureaux du gouvernement » m'a bien dit que c'était de leur faute. Il m'a dit : Louise ! les soldats valent mieux que leurs chefs !

— Pour sûr ! appuya la concierge.

— Tout ça c'est peut-être des histoires, dit la dame du premier qui était rentière et conservatrice. Voyez-vous ce n'est pas commode de gouverner. Il n'y a que le mitron qui puisse dire comment la pâte est faite.

Un silence se fit qui prouva que la réflexion philoso-

(1) Document officiel.

phique de la rentière conservatrice avait produit son petit effet.

Madeleine en profita pour reprendre sa lecture.

» La première rencontre a eu lieu l 2 août, de dix heures du matin à une heure de l'après midi.

» C'est la division de Failly, commandée par le général Frossard, qui a donné. Les nouvelles mitrailleuses ont reçu le baptême du feu. Il s'agissait d'enlever les hauteurs qui dominent Saarbrüch où l'on avait laissé un détachement du 40e et trois escadrons de cavalerie.

» Mais, je n'étais pas de la fête. Comme tu le sais, je fais partie de la division Abel Douay. Les camarades et moi, nous commencions déjà à nous sentir des fourmis dans les pieds...

— Il sera bien toujours le même, votre garçon, Madame Collin. Ici, on ne pouvait pas le tenir en place.

» Nous commencions déjà à nous sentir des fourmis dans les pieds, reprit Madeleine, lorsque ces gueux de Prussiens se sont chargés de nous dérouiller les jambes.

» Figure-toi, ma chère maman, que le surlendemain, c'est-à-dire le jeudi 4, à neuf heures du matin, nous étions tranquillement occupés à faire la soupe lorsque, patatra, l'armée du prince royal qui s'invite. Comme il n'y avait pas de rata pour tout le monde, nous les avons reçus à coups de fourchettes. Eux, pas contents, l'ont mal pris. Et comme ils étaient 35,000 et nous 9,000, nous avons été obligés de quitter la table, mais, avant de partir, nous avons renversé la marmite...

Un éclat de rire général interrompit Madeleine. Madame Collin écrasa une larme du bout de son doigt.

— Il a le cœur gai; c'est un si brave enfant !

» Notre pauvre général est tombé avec une balle dans la poitrine. On l'a mis dans un fourgon. Le médecin a fait l'impossible et la cantinière a épuisé toutes ses herbes, mais c'était bien fini; il n'avait même pas souffert ! Il est tombé en criant : En avant !... et la mort l'a surpris sans qu'il pût comprendre que nous reculions. Cela vaut mieux pour lui, car c'était un brave bon teint celui-là. Il aimait la France plus que ses galons.

— C'est affreux, tout de même, la guerre !

— Ne m'en parlez pas ! c'est des horreurs !

— C'est une punition du ciel, dit la dame rentière conservatrice. Les bas-fonds de la société ont besoin d'une leçon.

— Ous qu'ils sont, vos bas fonds, la petite mère ? demanda le plombier qui venait raccommoder la fontaine de la cour.

— En haut, cria son apprenti, en faisant un pied de nez au plafond. L'écume de la marmite, c'est toujours dessus.

La dame rentière pinça les lèvres.

— Voilà des goujats que vous avez tort d'employer, Madame Imbert.

— V'la ce que c'est, ma bonne Madame Blondel, c'est des braves gens tout de même, vous savez, car ça travaille du matin au soir et les ouvriers qui aiment l'ouvrage ne sont jamais bien méchants. Après ça, je leur dirai tout de même qu'ils fassent plus attention à leurs paroles.

Comme Madame Blondel était la seule locataire donnant dix francs d'étrennes la concierge la ménageait en toute circonstance.

» Le général Pellé, reprit Madeleine, a remplacé immédiatement le général Douay.

» Reculant toujours devant des forces six fois supérieures, mais ne cédant le terrain que pied à pied, nous laissons à découvert Wisseimbourg dont les Prussiens s'emparent.

» C'était la première parcelle de terre française qu'ils accaparaient.

» Le lendemain, 6, nous arrivons à Wœrth-sur-Sauër, entre Frœschwiller et Reischoffen. On nous massa et le maréchal Mac-Mahon, commandant les divisions Ducrot, Pellé, Raoult, Bonnemain, Lartigue, Duchesne, Conseille-Dumesnil, engagea le combat contre le 2e, le 5e et le 11e corps de l'armée du prince royal.

» 38,000 Français contre 90,000 Allemands.

» Le soir, après une journée qui vit couler plus de sang qu'il n'en faudrait pour faire mûrir toutes les moissons d'Alsace, le maréchal vit la bataille perdue et songea à sauver les débris de l'armée.

» La retraite était presque impossible.

» Pour se mettre hors de la portée de l'ennemi, il fallait traverser la Sauër et le seul passage possible était le village de Morsbrünn, entièrement occupé par les Prussiens.

» Alors, le maréchal fit avancer le 8e et le 9e cuirassiers, et leur ordonna de faire cette trouée héroïque, pendant laquelle on les tuait à bout portant des fenêtres.

» Mais, attachés sur leurs chevaux, ils avaient promis

Charge du 9e cuirassiers dans le village de Morsbrühn.

de mettre à mourir le temps nécessaire pour que le passage fut ouvert.....

Madeleine s'arrêta, la gorge serrée. Dans son auditoire vulgaire et candide, un frisson passait. C'était l'écho de l'héroïque bataille qu'apportait la lettre de cet enfant du faubourg parisien.

Ils avaient tenu parole, les géants. L'armée française avait passé dans la trouée qu'ils avaient faite, et les Allemands avaient regardé stupides, pétrifiés, cette trombe d'hommes, au torse d'acier poli, passant sous la mort au lourd galop de leurs chevaux bruns.

« C'est là que j'ai reçu une égratignure, une toute petite, ma chère maman, mais ne t'inquiète pas. Aujourd'hui, il n'en reste plus trace.

» Pendant que nous perdions ainsi l'Alsace et que nous battions en retraite par une nuit d'été splendide et claire, Frossart et de Failly perdaient la Lorraine à Forbach. L'armée française y était, comme à Reischoffen, complétement écrasée par le nombre.

» Pri ns Dieu, ma chère maman, ma bonne petite Madeleine. La Patrie est bien malade.... »

Et la lettre finissait là, datée du 7 août au lendemain même des tristes évènements racontés.

Elle arrivait à Paris, le 4 septembre, un dimanche, c'est-à-dire vingt-quatre heures après la reddition de Sedan.

C'était en effet le 3 que la fatale nouvelle était arrivée à Paris. Toute la nuit, la ville était restée debout, la commentant avec fièvre. Tantôt on n'y voulait pa croire, et c'étaient des chants d'espoir, des proclamations enthousiastes; tantôt on y croyait trop et c'étaient des révoltes, des anathèmes.

Le 4 septembre, au matin, un soleil radieux se leva

éclairant une agitation indescriptible aussi tranquillement qu'il eût éclairé une fête. Tout ce qui est vu de haut se nivelle.

A sept heures, l'*Officiel* parut et fut enlevé par des milliers de mains en quelques secondes. Il contenait la proclamation suivante :

Proclamation du Conseil des ministres au peuple français.

» Français,

» Un grand malheur frappe la patrie. Après trois jours de luttes héroïques, soutenues par l'armée du maréchal Mac Mahon contre trois cent mille ennemis, quarante mille hommes ont été faits prisonniers.

Le général de Wimpffen, qui avait pris le commandement de l'armée en remplacement du maréchal Mac-Mahon, grièvement blessé, a signé une capitulation.

» Ce cruel revers n'ébranle pas notre courage.

» Paris est aujourd'hui en état de défense. Les forces militaires du pays s'y organisent.

» Avant peu de jours, une armée nouvelle sera sous les murs de Paris ; une autre armée se forme sur les rives de la Loire.

» Votre patriotisme, votre union, votre énergie sauveront la France.

» L'empereur a été fait prisonnier dans la lutte.

» Le gouvernement, d'accord avec les pouvoirs publics, prend toutes les mesures que comporte la gravité des évènements.

» Le conseil des Ministres,

» Comte de Palikao, Chevreau, amiral Rigault de Genouilly, Jules Brame, prince de la Tour d'Auvergne, Grandperret, Clément Duvernois, Magne, Busson-Billault, Jérôme David. »

A la lecture de ce document officiel. annonçant clairement, malgré ses euphémismes, que tout ce que la France avait envoyé de jeune et de brave à la frontière était mort ou devenu prisonnier en l'espace de quelques semaines, un torrent de colère passa sur Paris.

La douleur de la défaite, la brutalité et la promptitude de la déception, engendrèrent spontanément une haine violente contre les gouvernants.

De même que le succès justifie tout, le malheur, trop souvent, est privé d'excuse.

Cette époque palpitante est encore trop près de nous pour qu'on puisse la juger sainement. Si ceux qui l'ont produite ont été victimes des circonstances, de ces fatalités qui, dans l'ordre de Dieu, ombrent quelquefois les gloires les plus lumineuses d'un peuple, l'histoire impartiale les lavera du soupçon qui s'attache à leur mémoire. S'ils ont failli à la droiture et à l'honneur, elle dira d'eux justement et sans colère, comme il convient à celui qui juge :

« Ceux-là ne méritaient pas d'être Français ! »

Et la France sera vengée.

## II

### LA TROUVAILLE D'ANDRÉ

Madeleine replia sa lettre, la mit soigneusement dans l'enveloppe dont elle examina pendant quelques secondes la suscription.

— Un mois pour parvenir à Paris! dit-elle.

— Vous avez encore bien du bonheur qu'elle soit arrivée, Mademoiselle, dit une dame qui venait d'entrer. Je n'ai pas encore reçu la moindre nouvelle de mon pauvre enfant.

— Donne ta lettre à Madame, Madeleine dit Mme Collin, peut-être y trouvera-t-elle quelque détail de nature à l'intéresser.

— Oh merci, madame! toutes les mères se comprennent.

Madame Collin et Madeleine sortirent de la loge, et regagnèrent l'appartement qu'elles occupaient au premier étage.

Madame Collin était la veuve d'un lieutenant mort très jeune, et plein d'avenir, des suites d'une insolation, gagnée à l'une de ces parades inutiles qu'on appelle une revue.

Lorsqu'il mourait, son fils arrivait au monde. Le père eut tout juste le temps d'embrasser le petit être et de dire à la mère : Fais-en un bon Français.

La mère avait obéi et sans difficultés du reste. L'âme chaude et vibrante du mort semblait s'être réincarnée dans le corps du petit garçon. A peine fut-il droit sur ses petons chaussés de tricot, qu'il mit les chaises en bataille, soufflant dans des trompettes qui, malheureusement pour les voisins, n'étaient pas en carton, et livra des combats dont les pieds des meubles avaient souvent à se plaindre.

Plus il grandissait, plus il devenait militaire et militant. Mais, comme il n'avait jamais joué le moindre tour au roquet de M^me^ Blondel, la rentière conservatrice, ni à Javotte, la chatte de la concierge, il bénéficiait d'une réputation de bon petit cœur qui lui faisait pardonner toutes ses frasques.

Un beau jour, il avait sept ans, et cavalcadait dans la cour commune aux locataires avec un chapeau de papier, un chassepot fait d'un manche à balai, et un vieux rideau rouge à franges, représentant un manteau de général. Enflammé par son humeur belliqueuse, il voulut fermer la porte cochère afin de lui donner assaut. Mais il s'arrêta stupéfait.

— Qu'est-ce que c'est que ça ! s'écria-t-il en se penchant sur un paquet informe.

Madame Imbert! venez donc voir! ça bouge!

La concierge accourut.

— Jésus, mon Dieu! c'est un pauvre bébé!

Et la brave femme enleva le paquet et le porta dans sa loge où toutes les commères de la maison accoururent.

C'était une mignonne petite fille de deux mois environ. Sur sa bavette fort propre, un papier était épinglé.

La concierge le prit et le passa à Madame Collin qui, prévenue par André, de cette trouvaille singulière, était aussitôt descendue.

« Je recommande ma petite Madeleine à la charité
» d'une mère de famille. Je m'en vais de la poitrine
» et aussi de chagrins et de privations. Demain, peut-
» être, je n'aurai plus la force de sortir pour la porter
» dans la rue et je ne veux pas qu'elle reste à son
» père qui est un mauvais ouvrier paresseux et débau-
» ché. Que Dieu lui pardonne et fasse tomber ma fille
» en bonnes mains. »

La seule signature de la malheureuse mère était une grosse larme qui avait distendu le papier.

— Viens, ma pauvre enfant, dit Madame Collin tout émue. Madame Imbert, faites votre déclaration au commissaire de police et dites que je me charge de de la petite.

En déshabillant l'enfant pour la placer dans l'ancien berceau d'André, Madame Collin constata que le pied gauche était enveloppé d'un linge ensanglanté.

Très effrayée, elle ne voulut pas défaire le grossier

pansement sans l'aide du médecin. Celui-ci après avoir enlevé le mouchoir de toile qui enveloppait le membre blessé, constata que le gros orteil avait été presque entièrement coupé.

— C'est, sans doute, une brutalité du père, dit-il à Madame Collin terrifiée. Et c'est ce qui aura décidé la mère à se défaire de la pauvre innocente que le père aurait tuée quelque jour.

Puis examinant de nouveau la blessure.

— Je crois que c'est un coup de tranchet, ajouta-t-il. Le père doit être ouvrier cordonnier. Si l'on voulait s'en donner la peine, on le retrouverait bien.

— Non pas, répondit vivement l'excellente Madame Collin; j'aime bien mieux qu'on ne le retrouve pas!

— Cela vaudra mieux aussi pour l'enfant, répondit le médecin. Voilà un petit garçon qui doit être bien content d'avoir une petite sœur?

— Oh oui, Monsieur! dit André tout rouge de plaisir; c'est moi qui l'ai trouvée!

Il s'approcha de la petite et voulut lui mettre son fusil-manche-à-balai entre les menottes.

— Oh! pas encore, dit le médecin en riant. Elle n'est pas assez forte pour faire l'exercice. Laisse-la pousser!

Il pansa le petit pied blessé et se retira en affirmant à Madame Collin que cela n'empêcherait pas sa protégée de devenir une belle enfant.

La prédiction du médecin était réalisée. Madeleine était devenue une belle et bonne jeune fille. Elle s'était développée sous une direction douce et sensée. Madame Collin pour éviter une déception qui eût été terrible pour l'aimante enfant, ne lui avait point caché qu'elle n'était pas sa mère. On lui avait raconté, dès qu'elle avait pu le comprendre, le mystère de sa naissance ; et, la connaissance de cet abandon, qui lui parvenait à un âge encore insouciant et peu sensible, s'installa dans son esprit sans y provoquer d'amertume.

Elle aimait Madame Collin comme une mère et André comme un frère.

Il l'effrayait bien un peu ce terrible frère. C'était une petite personne si posée, si tranquille que M^lle^ Madeleine. Elle avait cette sagesse, cette maturité précoce de l'enfant de bourgeoisie parisienne ; de ces fillettes qui, dès leurs sept ans, portent, avec leurs mères, l'écrasant et grave souci de la lutte quotidienne, des besoins incessants de la vie contre l'argent souvent en chômage.

La nature turbulente d'André cadrait fort peu avec son humeur douce et paisible. Toute petite, elle restait quelquefois scandalisée devant le beau désordre que le turbulent garçon avait semé dans le logis ; et, gravement, sans lui faire de reproche, elle ramassait les joujoux brisés et remettait les chaises en place. Madame Collin avait fait soigner l'éducation de sa protégée. Outre l'instruction nécessaire que Madeleine avait couronnée par des examens brillants, Madame Collin avait fait apprendre à la jeune fille la gravure sur bois et la peinture sur porcelaine. Elle avait déjà de petits travaux qui occupaient ses loisirs et lui permettaient d'aider à son entretien.

Sa plus grande joie était d'offrir quelque jolie surprise à sa mère adoptive sur l'argent qu'elle avait ainsi gagné.

Et dans cet intérieur modeste, les jours s'écoulaient tranquilles et laborieux lorsque la guerre arriva.

En sa qualité de fils aîné de veuve, André eût été exempt du service. Mais, deux ans auparavant, la mère se souvenant des dernières paroles du père, n'avait pas eu le courage d'entraver la vocation bien déterminée de l'enfant; et, lorsque le danger se leva, menaçant pour la Patrie, ce n'était point le moment de le rappeler ni de rien regretter.

Elle pria et pleura, la pauvre mère; Madeleine fit comme elle, mais, depuis deux mois les pauvres femmes ne vivaient plus.

L'arrivée de cette lettre les consola de l'angoisse dans laquelle elles étaient plongées.

André était vivant au sept août. Certes, avec les hasards de la guerre, c'est une pauvre certitude que celle qui laisse à l'aléa quatre mortelles semaines. Mais, enfin, on avait des nouvelles, et tant de pauvres mères les attendaient et les ont attendues vainement jusqu'au dernier jour !

Madame Collin et Madeleine préparèrent lestement leur frugal déjeuner; mais une fois à table, elles y touchèrent à peine. On habitait le haut du faubourg Montmartre. Des rumeurs montaient de la rue; les deux femmes se déguisaient mutuellement leur impatience.

Enfin Madeleine n'y tint plus.

— Si nous allions voir, maman ; il y a peut être du nouveau.

Proclamation de la République.

Madame Collin n'attendait que cette invitation.

Mais, comme elles descendaient, la concierge les arrêta d'un air effaré.

— Vous sortez, mes bonnes dames !

— Mais oui, Madame Imbert. Est-ce qu'il y a quelque danger?

— Vous savez, je n'en réponds pas. Il n'y a plus d'Empereur, on a proclamé la République.

Et la nouvelle était exacte. L'Empire était tombé et le gouvernement de la Défense nationale l'avait remplacé.

Le peuple français reprochait à son souverain de n'avoir tiré l'épée que pour la rendre.

L'Impératrice, 'e matin même, avait quitté les Tuileries dans un simple fiacre, sous le voile protecteur de l'incognito.

Le lendemain, Napoléon III entrait sans épée, au château de Wilhemshoe, 5 septembre, anniversaire de la mort du grand roi qui nous avait donné le Rhin pour frontière.

Et, le même jour, la nouvelle République signait le décret de grâce envers tous les déportés de la poliquc impériale. D'Afrique, d'Angleterre, de Suisse, de partout, les exilés accouraient pour revoir la Patrie et pour la défendre.

Victor Hugo quittait son île verte et tranquille, l'harmonie sauvage du flot qui semblait écrire la musique de ses poèmes vengeurs, et débarquait à Paris vingt-quatre heures après le décret d'amnistie

Derrière lui arrivait un brave, peu ménager de lui et fort avare du sang de ses soldats, ayant réussi, par une savante retraite, à conserver à la France l'armée du Nord qui deviendra « l'armée de Paris. » Le général Vinoy ramène treize trains d'artillerie, onze trains de cavalerie, quatorze trains d'infanterie. Le reste de ses troupes est en route.

Mais, la capitulation de Sedan a ouvert la route de Paris; et la grande ville, qui tend une oreille inquiète, entend au loin l'écho des deux cents canons qui ont écrasé Strasbourg, les sanglots de Toul qui se rend, et la marche lourde du fléau qui vient.

Les Prussiens sont déjà dans la vallée de Jouarre. La défense de Paris s'organise. Les vingt forts qui entourent la ville sont garnis de leurs remparts humains; et pendant que les hommes, grisés par l'odeur de la poudre, chantent, à pleins poumons l'hymne patriotique, les mères et les sœurs pleurent tout bas, honteuses d'être si peu romaines et préparent de la charpie.

Ah! les tristes pages qu'on arracherait volontiers si elles ne faisaient pas partie de l'enseignement pratique de Dieu, si elles n'avaient leur place au Livre d'or des héroïsmes civiques, et si quelquefois les défaites n'étaient pas plus sublimes que les victoires!

Le 15 septembre, les Prussiens prennent le train n° 117, à son arrivée à Senlis, et coupent les lignes ferrées tout autour de Paris.

La capitale intellectuelle, reste seule en face de l'avenir menaçant. Les derniers étrangers la quittent. Elle n'a plus ni fêtes, ni plaisirs, ni argent. C'est le moment d'agir en ami, c'est-à-dire de disparaître. Seul le pavillon de Suède reste fidèle au nôtre. On le retrouvera, servant de fanion au « Bataillon de la Défense, » le 2 décembre, à Champigny. Les Suédois sont les Français du Nord !

Un seul anglais prend ses lettres de naturalisation française; c'est Richard Wallace qui, tandis que ses congénères d'outre-Manche relisent la Bible pour y trouver la cause de notre expiation, sème l'or sur les plaies saignantes de Paris et reste fidèle compagnon de notre immense infortune. Aussi, lorsque les premiers obus prussiens éventrèrent les serres du Jardin des Plantes, la gratitude des Parisiens envoya chez le millionnaire deux camélias en fleurs miraculeusement préservés.

Et du dehors, rien ! pas une nouvelle ! *Gros-Rouge* et *Gris-Meunier* partis en ballon avec Gambetta, ne sont point encore revenus à leur pigeonnier. L'impatience générale les guette.

De l'armée prisonnière on ne sait rien ; de Bourbaki pas davantage. Quant à l'armée qui doit graviter autour de Paris au moyen d'un mouvement tournant sur la Loire, on y croit encore, mais on l'attend en vain.

Et le 19, à l'aube, Paris se réveille bloqué.

## III

### BABYLONE MODERNE

La ceinture de fer qui cernait Paris se resserrait chaque jour d'avantage. L'ennemi qu'on ne voyait pas, avançait sous terre par mouvements couverts.

On cherche à trouer cette ligne grossissante. L'armée de Vinoy effectue les reconnaissances de l'Hay, de Gentilly, de Villejuif : celle de Ducrot tente vainement d'enlever le plateau de Châtillon. Partout on se heurte à des masses parfaitement armées et trop bien pourvues.

Cette campagne de France qui dura six mois fut, pour l'Allemagne, le dernier épisode d'une guerre de rancune implacable et sourde, qui existait depuis soixante ans.

Berlin n'avait point pardonné à l'aigle française d'avoir traversé ses rues en 1814; et, comme la vengeance porte, plus que tout autre sentiment, l'empreinte de la terre qui l'a nourrie, l'Allemagne, pour mieux prendre sa revanche, a, durant soixante ans, serré la main française, mangé le pain français, dormi sous le toit français afin, le jour venu, de mieux savoir où était le cœur français qu'on allait trouer, et l'or français qu'on allait voler.

Un jour viendra où des tribunaux de justice internationale puniront les délits d'ambition à l'égal des crimes contre la vie et la propriété, et assimileront l'envahisseur au meurtrier et le conquérant à l'escarpe. Et c'est la France, toujours la première aux assauts intellectuels, qui verra cet avènement du Droit et ces funérailles de la Force.

Et ce lui sera une revanche plus belle que quelques arpents de terre reconquis au prix de quarante mille familles en deuil.

La revanche qu'on appelle, elle est là, déjà; la France la tient, car le monde entier copie ses institutions, acclame ses découvertes, salue ses morts, envie ses gloires. Les trois couleurs de son drapeau lui sont une devise qui donneront aux âges lointains la clé de sa magnifique existence. Le rouge, couleur du sang lui promet l'immortalité; le bleu lui impose la générosité des forts, car c'est la nuance du ciel qui sourit et pardonne bien qu'il garde en ses profondeurs azurées la foudre qui peut frapper et punir; le blanc c'est la page immaculée où les nobles actions seules peuvent s'inscrire sans faire tache; c'est l'honneur lumineux, c'est le manteau de l'hermine que rien ne doit souiller.

Qu'elle reste fidèle à son drapeau, et les annales de sa gloire n'auront pas besoin d'une nouvelle page écrite avec le sang allemand.

Le sabre est un triste soc. Ce laboureur d'hommes prend à la patrie sa jeune espérance et lui donne en retour le deuil et la haine. La guerre est un fléau; et, si l'homme de cœur ne doit point fuir le danger, il doit moins encore le souhaiter et le provoquer.

Lorsque l'homme sera devenu meilleur, Dieu reprendra ce bâton homicide qu'il a laissé au pouvoir de Caïn, et des sommets où le progrès moral nous aura conduits, nous ne verrons plus que deux points, échappant par leurs proportions colossales à toutes les lois de la perspective : le travail et l'honneur, le premier père de la prospérité et geôlier sévère du second.

21 septembre, Paris palpite, la partie suprême se prépare.

Les élèves de l'école polytechnique sont classés par escouades et employés à la défense. La Patrie les a élevés, a développé ces intelligences d'élite; à l'œuvre, les travailleurs!

Penchés sur les cartes et les plans, ils combinent la défense.

A côté d'eux, les humbles offrent leurs bras. La compagnie des omnibus forme un bataillon. Puis c'est le tour des petits, car tout est utile à sa place. Les gavroches, héros de tant de mauvais tours aux portières, chevaliers du ruisseau et terreur du bourgeois tranquille, laissent leurs billes ; on leur donne des balles : cela se ressemble. Ils sont là 3,000 gamins ayant assoupli leurs minois grimaçants et leurs membres dégingandés sous la rude discipline que nécessite le danger proche. Et ce sont de braves petits soldats qui se feraient tuer, si c'était nécessaire, avec l'insouciance enfantine de la mort.

Puis, la garde nationale de marche, jeunes gens et célibataires qui marcheront au feu parce qu'ils n'ont pas de famille, (lisez : pas de bouches à nourrir). Les cœurs qui saignent, les mères qui pleurent, cela ne compte pas.

Les hommes mariés s'enrôlent aussi pour la garde des murs; et c'est touchant, lorsqu'on bat l'appel des hommes de corvée, de les voir sortir, laissant derrière eux les petites mains tendues, les voix grêles qui crient : au revoir papa! Et la fille aînée, la mère, inquiètes qui ratrappent le père au milieu de l'escalier pour fourrer un cache-nez sous la capote.

Autour de la ville, Gentilly flambe ; le Bourget est enlevé à la hache d'abordage comme un navire ennemi. Les nôtres sont couchés sous l'herbe que le sang engraisse, et, sur les tertres fraichement remués, tombent les quatre mille cartes de visite, soigneusement cornées, que Nadar, qui emporte la correspondance de Paris bloqué, fait pleuvoir sur les lignes ennemies qu'il traverse.

Le pain est rationné, mais il est encore blanc. Cependant, la ménagère parisienne fait la dégoûtée devant la viande de cheval que lui offre son boucher. Un peu de patience, madame, vous en verrez bien d'autres!

Les dépêches de Gambetta, apportées par les messagers ailés, sont affichées et lues avidement.

Quelles nouvelles ! Strasbourg et Toul ont succombé ; la première après avoir tenu cinquante jours sous le feu de deux cent seize pièces d'artillerie; la seconde après avoir compté dans ses ruines plus de boulets que de pierres.

Paris s'achemine vers la statue de Strasbourg et lui pose sur la tête, non point le voile de deuil des trépassés qu'on oublie, mais la couronne de roses des gladiateurs antiques que le César salue.

Octobre et novembre se déroulent. Les forts ont ouvert une vive canonnade sur tous les points suspects. Ça et là des braves meurent au feu ; on les ensevelit dans le drapeau qu'ils ont aimé.

— Celui-là a son pain cuit, dit Gavroche soldat, en présentant son fusil minuscule au corbillard qui passe.

Les femmes réclament le service exclusif des ambulances afin que tous les hommes soient libres pour la défense des remparts.

L'usine Cail fond des canons, mais les boulangers chôment. Le pain de froment devient un souvenir mythologique; celui qu'on pétrit et qu'on rationne ressemble au thé de la mère Gibout : on y trouve de tout, excepté du blé.

Le cheval monte dans l'estime publique. Le goret limousin est vengé du mépris ; un seul de ses jambons se paie cent francs.

Le mulet, par un caprice d'estomac inexplicable,

distance prodigieusement les auteurs de ses jours, car

Service des ambulances.

il se cote à douze francs, tandis que le cheval s'enlève à

deux, et que l'âne toujours modeste, se débite à dix-sept sous.

On fait « queue » à la porte des bouchers et des boulangers. Dès quatre heures du matin, les femmes sont debout dans la neige, attendant quelquefois cinq à six heures pour avoir quelques onces de viande et un morceau de pain. Pas un cri, pas une révolte; l'ennemi est là qui guette. Paris a la pudeur de ses angoisses et le courage de ses tristesses.

Autour de la ville, les épisodes héroïques s'enregistrent.

Aux environs de Bondy, les Volontaires de la Mort, ont repris à l'ennemi un convoi de vivres, pris à Sedan.

Les mobiles du Tarn effectuent une reconnaissance sur Avron; ceux du Morbihan explorent la Malmaison; les soldats de Vinoy, les éclaireurs Lopez et Dumas sont entrés à Rueil et à Gennevilliers.

Ceux qui ne sont pas de marche « vont au marché. » On met à sec les plantations maraîchères de Châtillon, sous les balles prusiennes qui plaident avec feu la cause du ventre allemand contre l'appétit français.

Les mobiles de la Côte-d'Or tentent d'enlever Châtillon pendant que leurs camarades font provision derrière eux de choux et d'artichauts.

Les marins du fort de Montrouge enlèvent Bagneux. Créteil, Rueil, Bondy, Bobilly, le Raincy sont explorés quotidiennement.

Mais l'ennemi est retranché et ne laisse au hasard

que ce qu'il veut bien perdre. Le cordon d'investissement se resserre de plus en plus.

De temps à autre quelques épisodes minuscules, rappelant l'humanité et ses faiblesses, traversent cette épopée de Paris-soldat. Un accapareur est dépouillé par la justice sommaire de la foule.

Les dépêches de l'extérieur arrivent par ballons et pigeons. Verdun est bloqué ; Schlestadt bombardé, criblé par trente-deux pièces de canon, capitule. La garnison obtient de sortir de la place avec tous les honneurs de la guerre.

Châteaudun, sans remparts, a fait une résistance homérique. Le poète des châtiments, qui est aussi celui de tous les héroismes, demande que le canon, offert par la société des gens de lettres au gouvernement de la Défense et baptisé « Victor Hugo », soit appelé « le Châteaudun. »

Dans le bal Bullier, ce roi des « bouibouis » parisiens, logent les chasseurs de Neuilly. Ce ne sont plus les chansons joyeuses et fantaisistes des étudiants qui frappent les échos de la guinguette. Ce sont les proclamations mâles, religieusement écoutées et qu'accompagne la poudre prussienne qui crépite au-delà de l'Observatoire.

Aux portes de Paris, une enfant de seize ans, qui ramassait des légumes, est relevée criblée de balles allemandes. En guerre, tous les gibiers sont bons !

Sur la Marne, le légendaire sergent Hoff fait à l'ennemi sa guerre de Peau-rouge. Paris, surexcité, bat des mains à chaque balle qui porte. La guerre rend méchant.

On a tant mangé de cheval que cette « belle conquête de l'homme » se fait rare. On tombe sur le jardin d'acclimatation; les lions passent les premiers : à tout seigneur, tout honneur. Les Parisiens ont des rugissements d'estomac.

Puis viennent *Roméo* et *Juliette*, les deux éléphants pacifiques venus de l'Inde mystérieuse pour finir à l'étal. Les destinées sont parfois étranges...

Puis le menu fretin; quand on a nettoyé le dessus de Paris, on songe au dessous. Les égoûts font concurrence aux chasses de Chantilly et les rats font prime.

Pas une plainte. Pas de pose, point d'attitudes tragiques. Le Parisien, ce roi de la « blague » n'abdique pas. Pendant que la France pleure sur lui, il s'égaie lui-même. Si l'on doit mourir autant le faire en riant; c'est moins triste.

Les théâtres jouent, les orphéons orphéonisent, les monologueurs monologuent, les orateurs de carrefour clament. « Le citoyen Allix » gardien sévère de l'honneur des Françaises, fait part aux « zouavesses de la salle Lévis » d'une merveilleuse découverte. C'est « le doigt de Dieu », mieux appelé par le citoyen Allix « le doigt prussique » et que les Parisiennes doivent subsituer, au moment psychologique, au poignard de Lucrèce. Le dé français a cela de plus pratique que l'arme romaine qu'il tue l'ennemi au lieu d'immoler la victime. Un prussien arrive, la dame étend le doigt, le prussien est mort!

Paris se tord de rire pendant vingt-quatre heures. Il se plaisante lui-même n'ayant plus que lui-même à plaisanter.

Ce bataillon, habillé de drap vert parce qu'il n'y en avait plus d'autre, ce sont « les Billards de marche ». Il passe, répondant au quolibet par un éclat de rire; il va mourir à Buzenval.

Celui-là, aux capotes noires, c'est la compagnie P. L. M. (pour la mort.)

La garde nationale qui veille, par ces nuits polaires, aux bastions menacés, les « Escargots de rempart. »

Paris s'est vengé de l'Empereur; il l'a appelé « Napoléon le Sédantaire ». Et quant au petit prince qui, selon la dépêche paternelle, ramassait les projectiles sur le champ de bataille, il l'a baptisé « l'enfant de la balle. »

Des chansons et des armes, et le Parisien est content.

Paris « Babylone moderne » n'es-tu pas plutôt le domino rieur de l'Athènes antique?

---

## IV

### LE MARCHAND DE RATS

— Oh ! maman, c'est vrai ; c'est très loin ; mais il faut y aller tout de même !

— Puisque je te le promets, mon enfant. Calme-toi et déjeunons.

— Maman, je n'ai pas faim du tout. Dépêchons-nous, je t'en prie. Il me tarde d'être fixée sur le sort de ce pauvre *Bayard*.

— Hélas ! ma chérie, par ce temps-ci, un chien perdu court grand risque d'être immédiatement transformé en côtelettes. Je doute fort qu'il ait été conduit en fourrière. Celui qui l'a trouvé, s'il ne l'a tué tout de suite, l'a mis en réserve pour son garde-manger.

— Oh ! maman ! ne dis pas cela !

Et la pauvre Madeleine se mit à pleurer tout à fait.

— Voyons, ma chérie, dit Madame Collin, émue du

chagrin naïf de la jeune fille, maintenant que nous avons fini notre festin, allons vite à la recherche de ce pauvre Bayard.

La jeune fille ne put s'empêcher de sourire au mot festin en regardant le riz en salade et le pain de paille d'avoine qui les avait régalées.

Elle mit lestement son manteau et son chapeau et suivit sa mère.

Du faubourg Montmartre à la fourrière, située derrière Notre-Dame dans les parages de la place Maubert, il y avait un bon ruban de queue. Et pas d'autre véhicule que celui du père Adam. Il y avait bien encore quelques fiacres échappés à la requisition du combustible, mais il n'y avait plus de chevaux que chez les bouchers, c'était un retour à la chevalerie.

Madame Collin et Madeleine se résignèrent donc à traverser Paris qui offrait du reste un spectacle fort curieux. Les rues étaient encombrées de comestibles les plus variés; et plus ils étaient étranges, moins on vous les donnait pour rien.

Les pâtés surtout étaient de vrais pandémoniums. On en vendait rue Guénégaud dont la fabrication était un mystère imprudent à approfondir. Un marché de rats s'était installé avenue Victoria et les marchands faisaient leur pelote. Et les simili-beurres, et les pseudo-graisses ! Dieu seul, en sa qualité de premier chimiste, aurait pu dire ce qui y entrait.

Les deux femmes arrivèrent enfin au quartier Maubert; mais, lorsqu'elles expliquèrent le but de leur course au gardien de la fourrière, celui-ci leur rit naïvement au nez.

— Il y a beau temps, mes bonnes dames, que nous n'avons plus de pensionnaires. Les chiens perdus ne sont pas perdus pour tout le monde.

Puis, voyant les yeux de Madeleine s'emplir de larmes, le brave homme ajouta :

— Après cela, vous savez, tout le monde n'a pas le cœur à tuer un chien. Comment était-il le vôtre?

— Pas beau, dit Madeleine, mais il nous aimait tant!

— C'est un gros ratier, dit M^me^ Collin ; il a un poil fauve et blanc.

— Ah! si c'est un ratier, vous le retrouverez peut-être. Ces chiens là, on ne les tue pas ; ils rapportent davantage à chasser les rats qu'à être mis en beefteks.

Les deux femmes parurent frappées de cette réflexion.

— Vous avez raison, dit M^me^ Collin, mais où trouver les marchands de rats?

— Ah! cela n'est pas difficile, allez; ils font assez de tapage pour débiter leur dégoûtante marchandise ; et ce qu'il y a de plus fort, c'est qu'ils n'en ont pas pour tous ceux qui en demandent.....

Tenez, à deux pas, rue des Grands-Degrés, il y a un marché de rats, de chats, de toutes sortes de choses. Allez donc y voir.

Madeleine et sa mère adoptive remercièrent vivement le brave homme et se dirigèrent vers la rue des Grands-Degrés.

L'étrange marché signalé par le gardien s'y trouvait en effet. On y criait des rats à 2 fr. 50 pièce, comme s'il se fut agi de perdreaux. Les chats de gouttière, partagés en deux comme de simples lapins, valaient 4 fr. par moitié. Ça et là, quelques poulets étiques semblant revenir du radeau de la Méduse, se balançaient comme des enseignes et fixaient les yeux émerveillés des badauds. D'honnêtes choux se vendaient dix francs, ce qui augmentait singulièrement le prix du vulgaire pot-au-feu.

Madeleine amusée, en avait presque oublié son chien lorsqu'elle fut a moitié renversée par un choc violent.

— Ah ! mon Dieu ! c'est Bayard !

C'était Bayard, en effet, qui sautait sur elle en tirant à s'étrangler sur une corde qui le retenait à l'étal d'un marchand de rats.

Et pendant que Mme Collin et Madeleine surprises, caressaient l'animal, le marchand fixait, sur la jeune fille, un regard singulier.

Ce regard était interrogateur comme s'il eût cherché à masser, autour de cette physionomie candide d'adolescente, des souvenirs qui fuyaient. Soudain il brilla d'un reflet étrange dont il eût été bien difficile de définir la nature.

Il se leva et dit poliment.

— Ce chien est à vous, Mesdames ?

— Mais oui, Monsieur, c'est Bayard, répondit Madeleine. Vous l'avez trouvé errant, sans doute.

— Je l'ai trouvé errant, Mademoiselle, et comme il n'avait pas de collier.....

— En effet, interrompit Mme Collin, nous ne lui mettons son collier que pour sortir ; seulement, il s'est sauvé de la maison sans que nous l'ayons vu s'enfuir.

— Je l'ai trouvé près du quai, mourant de faim, il y a trois jours et je l'ai pris, le voyant sans propriétaire. Puisqu'il est à vous, Mesdames, vous pouvez le reprendre.

— Je vous remercie, Monsieur, dit Mme Collin enchantée ; mais la nourriture d'une bouche supplémentaire coûte cher par le temps qui court.

Permettez-nous de vous dédommager.

Et Mme Collin mit la main dans sa poche. Soudain, elle s'arrêta confuse,

— As-tu ton porte-monnaie, Madeleine ? j'ai oublié le mien.

— Mais non, maman ; nous étions si préoccupées que nous sommes sorties sans argent.

A ce nom de Madeleine, l'attention du marchand de rats était devenue plus grande.

— Mais, dit-il avec politesse, cela ne fait rien du tout. Si ces dames tiennent absolument à me payer les petites dépenses que j'ai faites pour le chien, je pourrai passer chez elles. Cela me donnera l'occasion de revoir Bayard avec qui nous faisions une paire d'amis. N'est-ce pas Bayard ?

Le chien poussa un grognement qui n'avait rien d'une adhésion.

Mme Collin, mue par un secret pressentiment, regardait cette figure louche et sordide. Elle hésitait à laisser son adresse en de pareilles mains ; mais déjà, Madeleine, avec l'irréflexion de son âge s'était écriée :

Rue Lamartine ; la maison du marchand de tabac. Vous demanderez Mme Collin.

L'homme les regarda s'éloigner suivies du chien qui gambadait ; puis il se dit, faisant en quelque sorte la péroraison de sa pensée.

— Ça serait drôle, tout de même.

Lorsque la cloche sonna la fermeture du marché, l'homma ramassa ce qui restait de sa dégoûtante marchandise et regagna le taudis qu'il habitait place Maubert.

C'était un bouge ignoble, suintant de crasse, bicoque saturée d'alcool, d'immondices, d'émanations malsaines dont quelques échantillons vivent encore à Paris sous l'œil paterne de la Salubrité.

Au fond d'une cour qui n'avait d'autre pavage que le sol défoncé et les détritus de ménage, se trouvait une bâtisse d'un seul étage, courant sur une espace de douze mètres. Cet espace était partagé en trois logis au moyen de simples cloisons de planches. Quatre mètres pour chacun !

Là, des hommes sans description, couchaient le soir avec la provision d'ordures ramassées pendant le jour. Au milieu de la cour, une troupe d'enfants hâves rongeaient des croûtes de pain et des trognons de choux. Ils jetèrent des regards brillants de convoitise sur les animaux immondes que le marchand rapportait enfilés par leurs pattes liées, sur un anneau en fil de fer.

— Ils vont pourrir, ces oiseaux-là, père La Bouteille, cria le chœur des enfants.

— Pas dans vos becs, toujours, les chérubins, dit l'homme en faisant passer son anneau garni de rats au-dessus de la petite troupe.

Boucherie municipale (page 37).

A bas les pattes, continua-t-il en donnant un rude coup de bâton sur le bras d'un garçon de douze ans qui se leva furieux.

— Tu n'as pas fini de battre les Français, mouchard! cria-t-il.

Le marchand de rats pâlit et jeta un regard circulaire dans la cour pour s'assurer que personne n'avait été témoin de la scène. Une femme du peuple à l'air pauvre et doux étendait du linge à sa croisée.

— Sont-ils mal élevés, ces mioches, dit le marchand avec un rire qui sonna faux.

Elle ne répondit pas ; il haussa les épaules et rentra dans son taudis en grommelant.

— Tas de gredins, dit-il, vous ne ferez pas tant les fiers, le jour où nous serons les maîtres.

Le père La Bouteille, dont le sobriquet indiquait assez le penchant favori, saisit un litre a moitié vide posé sur une planche et l'acheva.

Cela fait, il ferma sa porte, tira sur le vitrage qui seul, donnait du jour au bouge, une guenille rouge qui jouait le rideau, et procéda à une cérémonie dont les murailles de son taudis durent être étonnées :

Il fit sa toilette !

Dans une vieille terrine écornée, il mit un peu d'eau et se débarbouilla, ce qui n'était pas une petite affaire. Avec des ciseaux rouillés, qu'il prit dans un tas de vieille ferraille, il égalisa quelque peu sa barbe de Juif-errant. Puis, il fouilla dans un coffre qui renfermait, chose extraordinaire, des vêtements presque propres. Il abandonna avec un regret visible, la pelure crasseuse et luisante qui l'enveloppait et revêtit une défroque un peu plus présentable. Il jeta sur son accoutrement qui aurait pu éveiller l'attention par sa propreté inusitée, une limousine de roulier. Le froid intense qui régnait en faisait, du reste un vêtement de saison. Ainsi équipé, le père La Bouteille sortit après avoir soigueusement fermé au cadenas la porte de son taudis.

Les enfants n'étaient plus là ; un spectacle quelconque les avait attirés dans la rue ; mais la femme à l'air doux et pauvre se remit à sa fenêtre, en entendant l'homme sortir. Elle le suivit d'un œil triste, de ce regard résigné qu'on retrouve si souvent dans la physionomie fatiguee de la femme du peuple à Paris, de cette martyre qui a trouvé le secret de respirer sans air, de vivre en mangeant très peu, de dormir à peine et de travailler toujours.

— Sa pauvre femme a de la chance de ne plus être là, soupira-t-elle ; elle en serait morte de chagrin.

Vous le connaissez, Mme Marie, dit une autre femme qui cousait dans la chambre modeste et très propre.

— Voilà bien longtemps, Mme Jacob. J'ai assisté à son mariage. Sa femme était une de mes camarades d'atelier ; une bonne travailleuse, une fille honnête et sage, élevée comme une perle par de braves parents. Nous avions fait ensemble notre première communion, Mme Jacob ; car, dans ce temps là, les vieux ne disaient pas aux jeunes qu'on pouvait se passer de bon Dieu.

Le père, un brave homme, était forgeron du côté de la Villette. Comme il ne trompait jamais personne, le commerce marchait bien, et Mathilde, — mon amie dent je vous parle, — avait une petite dot.

Elle a épousé ce misérable ; c'est-à-dire qu'il l'est devenu, Mme Jacob. La paresse l'a perdu. C'est un garçon qui plaignait toujours sa peine et aurait voulu vivre à ne rien faire.....

— Comme ceux qui ont des rentes, interrompit la voisine.

— Oh ! ceux qui ont des rentes travaillent aussi allez, Mme Jacob. Il y a de la peine et des soucis pour tout le monde. Seulement les paresseux aiment mieux passer leur temps à envier ce qu'ils n'ont pas qu'à travailler honnêtement pour acquérir ce qu'ils envient.

— Et alors ils n'ont pas fait bon ménage?

— Ah ! la pauvre femme ! elle n'était pas heureuse tous les jours. Quand les hommes sont fainéants, voyez-vous, ils ne font rien de bon, mais ils s'occupent à mal faire tout de même.

— Vous avez raison, Mme Marie.

— C'était un beau parleur qui faisait des tas de discours dans les cabarets où il buvait sa paye pendant que la femme et les enfants étaient sans pain à la maison.

— Il y avait des enfants?

— Dame, oui ; vous savez, chez les pauvres gens cela vient plus vite que les rentes. D'abord, un garçon, un amour de petit. Le père, un soir, en rentrant ivre-mort l'a poussé brutalement. Le pauvret a roulé dans les escaliers et s'est cassé les reins. Par pitié pour la mère, on a étouffé l'histoire dans le quartier.

Puis une petite fille est arrivée. Un beau jour, après une scène épouvantable, la mère a emporté l'enfant ; on ne l'a plus revue. Elle m'a dit qu'elle l'avait placée chez une payse à elle qui la gardait pour quelques sous qu'elle gagnait durement. Elle est morte à la peine, la pauvre femme, et depuis qu'elle est au cimetière, le malheureux a été de mal en pis.

— On dit..... vous savez?..... Est-ce que vous croyez ce qu'on dit?

— Quoi? que c'est un espion? Ça, je ne sais pas. On est tellement excité dans Paris, en ce moment, qu'on voit des espions partout. Il ne faut pas trop répéter cela sans preuves, ma bonne Mme Jacob; on pourrait lui faire un mauvais parti bien injustement. Car enfin, on peut-être capable de bien des choses et ne pas être assez misérable pour vendre son pays. Voyez-vous je ne suis qu'une pauvre ouvrière, mais je ne voudrais pas manger d'un pain gagné comme ça. J'espère pour lui qu'il ne fait pas ce vilain métier, mais, s'il le fait, soyez tranquille, Dieu le punira.

— Dieu a joliment l'air de se ficher de nous, Mme Marie!

— Il ne faut pas parler comme ça, Mme Jacob. On vous dit à Paris que le peuple n'a pas besoin de religion; à la campagne on nous dit tout le contraire et je crois que c'est nous qui avons raison. Pensez-vous que j'aurais supporté tout ce que j'ai enduré depuis la mort de mon pauvre homme si je n'avais pas cru que cela m'était compté pour quelque chose?

— Tout ça dépend des idées, répondit Mme Jacob avec cette indulgente et vague insouciance du principe qui est un trait caractéristique du parisien.

Cela ne fait rien; cet homme a une figure qui ne me revient pas.

## IV

### UN SENTIMENT QUI S'ÉVEILLE TARD

Le triste héros de cette conversation avait repris en sortant de sa pitoyable demeure, la route du quai. En face Notre-Dame, il traversa la Seine, gagna les halles et prit la rue Montmartre.

Au bout d'une heure de marche, il arriva rue Lamartine laquelle ressemblait aussi peu à son nom qu'un ponton de charbonnages à une nacelle de romance. Cette voie tortueuse était, comme aujourd'hui, assez sale et fort encombrée.

Le père La Bouteille, cherchant à s'orienter, aperçut le bureau de tabac facilement reconnaissable à son énorme carotte rouge foncé. Il était situé sur la gauche d'un grand immeuble et de l'autre côté de la porte d'entrée des locataires se trouvait la boutique d'un marchand de vins, lequel était aussi restaurateur comme tous les industriels de ce genre.

Une demi-douzaine de gardes nationaux, attablés au fond de la pièce, dévoraient avec une insouciance d'assiégés la cuisine problématique du marchand de vins.

L'un d'eux, plongeant délicatement les doigts au fond d'un océan de sauce noirâtre, en retira quelque chose qu'il vint poser gravement sur le comptoir de zinc.

— Père Martin, ce n'est pas gentil ; vous aviez promis de ne pas mettre les queues ; il n'y a rien à manger et ça tient de la place.

— Est-il difficile, ce seigneur, dit le père Martin en croquant la queue de rat, sans le moindre scupule.

— Faut aller chez Voisin, ma « vieille branche » dit alors un camarade. Il y avait hier un dîner de richards ! Ecoutez, vous autres, ce *menu*, et dites-moi si cela ne vous fait pas tirer la langue d'une aune.

Il tira de sa poche une feuille autographiée :

POTAGE BUCÉPHALE

— Bucéphale ? qu'es a co ? connais pas.

— C'est le cheval de Don Quichotte, dit le lecteur.

— Alors c'est un potage maigre.

— Mais non, je me trompe, les amis ; c'est le cheval d'Alexandre.

— Un potage fossile, alors !

— Pas de blasphèmes jeunes gens ; c'est le cheval du capitaine tué à Chevilly. Pas le capitaine, le cheval.

Il a été salé — le cheval, toujours — et mis dans le pot au feu.

Je continue ; silence !

Entrée : *côtelettes de loup chasseur.*

— Loup ! c'est du chien, leur loup ! Je la connais, celle-là !

— C'est un euphémisme stomacal, dit un garde national journaliste.

— C'est une licence culinaire, ignorant Dumanet, dit le lecteur ; une simple extension. Le loup et le chien étant de la même famille, ils peuvent s'emprunter réciproquement leur nom sans que tu y trouves à dire.

Roti : *chat garni de souris rôties.*

— Ce plat est profondément moraliste, mes amis ; il nous apprend que toutes les haines s'éteignent dans la mort.

— Très gentil, ton speech. Avec ce talent d'avocat, tu mériterais d'être à Tours, où l'on est mieux qu'ici.

*Chameau rôti — sauce arabe.*

— Bon pour le désert d'estomac. Ça ferait notre affaire.

Entremets : *salade de riz.*

— La Providence des familles.

Plum pudding — *farine osséine.*

— Farine???

— Osséine, ou « pâte nutritive (?) des os » !

— Os de qui ?

— Ah ! vous êtes trop curieux. Qu'est-ce que cela nous fait pourvu que la pâte soit « nutritive » ?

Bombe... *Krupp.*

— Avec un prussien dedans?

— Sans prussien, sacrebleu! Ils n'entreront jamais dans Paris, même sous forme de denrées alimentaires.

Desserts... *variés.*

— Cette « variété » fait rêver!

Vins « *du Pays* »

Total : VIVE LA FRANCE!

Ils criaient avec tant d'ensemble que madame Collin, qui entrait pour demander au marchand de vin la monnaie d'un billet de cent francs, faillit se sauver.

— N'ayez pas peur, madame Collin dit le restaurateur en riant; c'est de l'enthousiasme patriotique. Qu'est-ce qu'il y a pour votre service?

— Avez-vous cent francs de monnaie, monsieur Martin?

— Parfaitement, madame Collin; je vais vous donner cela tout de suite.

Madame Collin prit la monnaie et sortit.

Le marchand de rats qui était entré sans être aperçu, depuis quelques minutes, s'approcha alors du comptoir.

Tiens! dit le marchand; excusez-moi monsieur; personne ne songe à vous servir. Ce sont ces jeunesses qui en sont cause. Et il montrait en riant les gardes nationaux ventrus et grisonnants comme de bons pères de famille qu'ils étaient tous.

— Cela ne fait rien, dit le père La Bouteille en grimaçant un sourire. Je ne suis pas aussi facile à effrayer que les dames. En voilà une qui n'aurait pas grand courage si elle voyait une guerre de rues.

— Ces bourgeoises, c'est timide et tranquille; ça ne

sort presque jamais, dit le marchand de vins. Mais c'est une brave famille, celle-là. Ce sont des locataires de la maison. Le fils est à l'armée; alors, la pauvre femme est bien inquiète, et la vue des uniformes lui fait mal au cœur.

— Je comprends bien ça; elle n'a que ce fils?

— Oui, quoique censément elle ait une autre enfant. Une petite fille qu'elle a trouvée là, dans cette maison, derrière la porte, il y a seize ans de cela et je m'en souviens comme d'hier; je venais de m'établir dans la maison.

— Et, elle a élevé cette enfant? c'est un brave cœur alors! dit le père La Bouteille d'un ton attendri.

— D'abord, je vous dirai qu'elle a de quoi; mais elle n'a pas compté. Quand son garçon qui était un gamin de sept ans a découvert la petite derrière la porte, elle a ramassé l'enfant sans se demander si ça lui coûterait ou non.

— On n'a jamais su à qui l'enfant appartenait?

— A vrai dire, on n'a pas beaucoup cherché. Avec l'enfant, il y avait un petit papier écrit par la mère qui recommandait de ne pas rendre l'enfant au père parce qu'il la tuerait.

— Vraiment! qu'il la tuerait?

— Ou quelque chose d'approchant. Vous pensez, cela date de seize ans; je ne me rappelle plus très exactement les détails. Mais, sûrement, le père devait être un butor, car le pauvre bébé avait un doigt de pied quasiment coupé.

— Enfin, la pauvre enfant a eu de la chance de tomber en si bonnes mains.

— Oh ça, vous pouvez le dire. Avec cela que madame Collin a une petite fortune qui ne doit rien à personne.

— Mais elle a un fils?

— Eh bien! un fils qui est à vous et une fille qui ne vous appartient pas, cela s'arrange très bien, dit le

Le marchand de rats revenant du marché (page 46).

père Martin, avec un bon rire. La fillette est charmante, très bien élevée et le garçon est un sujet hors ligne....

Mais, pendant que je bavarde, je ne vous sers rien. Asseyez-vous, monsieur, je vais vous donner « le plat du jour. »

Le « plat du jour » était une infecte capilotade que le plus stoïque n'aurait pas analysé sans dégoût. Mais heureusement qu'en ces temps difficiles l'estomac ne l'était pas. On mangeait les yeux fermés.

Le père La Bouteille, du reste, n'était pas d'humeur à prêter grande attention à ces petits détails. Il réfléchissait au bizarre concours de circonstances qui le mettait inopinément sur une piste qu'il n'avait jamais cherchée.

Maintenant, il n'en doutait plus. Cette ressemblance absolue de la jeune fille avec cette compagne qu'il avait rendue martyre s'expliquait naturellement. Madeleine était la fille de Mathilde, sa fille à lui, que la mère avait préféré recommander à la compassion publique en l'abandonnant que de la laisser au logis sous la menace constante de mauvais traitements et la flétrissure plus grande encore des mauvais exemples.

Très préoccupé sur la ligne de conduite qu'il allait suivre, il solda sa dépense et sortit de la maison sans se rendre encore chez madame Collin pour réclamer le pourboire promis.

Pour se donner le temps de la réflexion, il reprit le chemin de son logis.

— La nuit porte conseil, se dit-il, nous verrons demain.

Quand il rentra dans son affreux taudis, il eut un mauvais sourire.

— Cela doit être plus beau chez la bourgeoise qui ramasse les enfants, dit-il. Eh mais ! si elle s'occupe de la fille, elle peut bien aussi songer au père. D'abord les enfants doivent une pension alimentaire à leurs parents lorsqu'ils sont trop vieux pour travailler.

Trop vieux pour travailler, le misérable! Certes ses membres étaient flétris et tremblants, son intelligence obtuse et vacillante, sa tête hideusement marquée des cicatrices de la débauche; mais ce n'était pas l'âge qui avait amené le corps à cette dégénérescence anticipée. C'était la pire des misères; celle que le vice produit. La paresse avait tout gangrené dans cet homme; c'était un échantillon parfait du fumier parisien.

En retrouvant sa fille, ce ne fut point un remords qui monta jusqu'à la mémoire de cette brute, ce fut un chiffre, celui que l'exploitation bien conduite de cette rencontre pouvait lui rapporter.

— Sans doute que la bourgeoise raffolle de la petite, se disait-il. Elle donnera « de l'os » tant que j'en voudrai pour qu'on ne la lui reprenne pas. C'est qu'elle est ma fille, après tout! on n'enlève pas comme cela une fille à son père!

Et le vieux reptile se haussait, enflait sa voix, essayant son effet sur la « bourgeoise » qu'il était censé tenir en face de lui.

Oh le peuple parisien? qui en dira l'histoire? Océan de boue où nagent des perles! La femme y est le plus souvent sublime, l'enfant martyr, et l'homme une girouette qui tourne à tous les vents.

Que de fois vous entendrez la mère de trente ans dont les os courbés, les mains diaphanes, les joues creuses en accusent cinquante vous dire, avec sa couvée d'oiseaux maigres accrochés à sa jupe.

— Ce n'est pas qu'il soit méchant, mon homme, ce sont les camarades, vous savez. Quand ils sont à boire ensemble, ils oublient que les petits n'ont pas de pain à la maison.

Et la voisine, non moins maigre, non moins chargée d'enfants faméliques répond avec une résignation inconsciente :

— Oh ! que voulez-vous? les hommes sont tous les mêmes !

Le lendemain, le marchand de rats fit sa toilette avec le même soin que la veille et reprit le chemin de la rue Lamartine.

Lorsqu'il entra dans la loge et demanda M$^{me}$ Collin, la concierge le regarda de travers et s'avança jusqu'au pied de l'escalier pour s'assurer qu'il se rendait bien à l'étage indiqué.

— C'est une vilaine tête de mouchard, grommela-t-elle.

A ce moment là, l'espionomanie était la plaie de Paris. Ce cauchemar, qui obsédait la population parisienne donna bien souvent lieu à des méprises toujours fort désagréables quand elles n'étaient pas dangereuses pour ceux qui en étaient victimes.

L'homme arrivé au 3$^{e}$ étage sonna. Un pas léger se fit entendre dans le corridor et Madeleine ouvrit la porte.

— Ah c'est vous, mon brave homme, dit-elle en reconnaissant immédiatement celui qu'elle appelait le sauveur de Bayard. Entrez par ici, dans la salle à manger. Je vais prévenir maman.

L'homme entra et resta debout pendant que Madeleine pénétrait dans la chambre à coucher où se trouvait Mme Collin.

— Maman, c'est l'homme aux rats, tu sais. Je pense qu'il vient chercher son pourboire. Que veux-tu que je lui donne?

— Non pas toi, dit vivement Mme Collin, saisie soudain d'un malaise indéfinissable; reste ici ou plutôt, ajouta-t-elle en se ravisant, va donc jusqu'à la rue de Douai, savoir des nouvelles de Mme Berthier. Voilà huit jours qu'elle est malade et nous n'y sommes point encore allées. Elle pourrait se peiner de notre indifférence.

Madeleine, quoique légèrement étonnée, ne fit aucune objection. Elle mit son manteau et son chapeau et sortit.

La porte de la salle étant restée ouverte sur le corridor que desservait l'appartement, le père la Bouteille vit la jeune fille sortir.

— Tiens, dit-il à demi-voix dans son langage débraillé et cynique, tiens, la vieille s'attend à l'assaut; elle éloigne le gibier.

Il fut interrompu, dans son aimable monologue par l'entrée de Mme Collin.

Elle s'avança vers lui et lui dit avec une amabilité qu'elle avait grand'peine à montrer.

— Vous avez bien fait de venir, Monsieur, car je serais très désireuse de vous être agréable en échange du service que vous nous avez rendu.

— Oh! ce n'est pas la peine d'en parler, balbutia

l'homme un peu décontenancé par le regard dur et perçant de son interlocutrice.

— Si, vraiment, insista Mme Collin, en posant une pièce d'or sur la table, devant l'homme, nous tenons beaucoup à ce chien.

— Oui, dit-il ; la demoiselle avait l'air d'être bien contente. C'est une gentille demoiselle que vous avez là.

Madame Collin, inquiète, sans se rendre compte encore de quoi, dressa l'oreille et ne répondit pas.

— Moi aussi, continua l'homme d'un ton pleurard, j'aurais une fille de cet âge là si le malheur ne s'en était pas mêlé ! Figurez-vous, madame, que ma femme, qui n'était pas méchante pourtant, avait, comme cela, des moments de folie. Elle croyait que tout le monde lui en voulait ; la manie de la persécution ; un beau jour, elle prit l'enfant et s'en alla le mettre sous une porte cochère....

— Ah ! fit Mme Collin qui s'expliquait maintenant le pressentiment sinistre qui s'était levé dans son esprit au contact de cet être sordide.

Malgré la contenance ferme qu'elle affectait, elle tremblait de tous ses membres, la pauvre femme et cherchait à démêler si le hasard terrible l'avait mis en face du monstre auquel la pauvre femme du peuple avait soustrait son enfant, ou si elle n'avait affaire qu'à une vulgaire tentative de chantage.

— Et, dit-elle, vous n'avez jamais recherché cette enfant ?

— Pardonnez-moi, madame, je l'aimais tant ! Et

l'hypocrite feignit d'essuyer une larme dont son œil était absolument veuf. J'ai beaucoup cherché dans les premiers temps, puis, il a fallu travailler tout de même. De sorte que j'avais accepté mon malheur, espérant que la petite était tombée en bonnes mains, lorsces jours-ci, j'ai eu de ses nouvelles.....

Il s'arrêta, étudiant sur le visage de son interlocutrice l'effet qu'il avait produit.

— Alors? dit Mme Collin, très troublée et pour dire quelque chose.

— Alors, le commissaire de police m'a dit qu'il allait s'en occuper, répondit l'homme évasivement. Vous comprenez, madame, que je ne suis pas un mauvais père, moi, ce n'est pas moi qui ai abandonné mon enfant! Tout le quartier sait bien avec quel cœur je travaillais pour élever ma famille. Mais ma pauvre femme était folle.

— Eh bien! mon ami, dit héroïquement Mme Collin, il faut espérer que vous la retrouverez.

Et, tout en regardant fixement l'ignoble individu, elle ajouta quatre pièces d'or à la première.

— Vous êtes bien honnête, madame, dit l'homme en ramassant lentement la petite somme. Au jour d'aujourd'hui, voyez-vous, la vie est dure à gagner, surtout lorsqu'on n'a pas d'enfants qui vous soutiennent... Car, c'est le devoir des enfants, n'est-ce pas, de soutenir les vieux parents?

Madame Collin piétinait.

— Alors, je vous remercie bien, madame. Bien des choses à Mlle Madeleine.

Enfin, il s'en alla et Mme Collin ferma la porte sur lui avec un vif sentiment de dégoût.

— Est-ce son père? se dit-elle, ou bien quelque intrigant qui aura appris cette histoire dans le voisinage et cherche à en tirer profit ?

L'homme revint chaque semaine sous prétexte qu'il avait trouvé de l'ouvrage dans le quartier et qu'il venait en passant prendre des nouvelles de Bayard.

Madame Collin le guettait, lui donnait cent sous sans le laisser entrer.

Ce manège dura deux mois. Un jour l'homme demanda « une petite somme. »

La veuve, de peur que Madeleine, qui se trouvait dans la pièce voisine entendît ou soupçonnât quelque chose, donna quarante francs à l'effronté mendiant qui fit sauter les deux pièces d'or d'une main dans l'autre en disant :

— Ça ne fera pas long feu, je vous préviens ; mais je reviendrai.

Madame Collin le laissa s'éloigner, puis elle s'habilla, confia Madeleine à une voisine et se rendit chez le commissaire de police.

---

# VI

## LES DIFFÉRENTS MÉTIERS D'UN PARESSEUX

C'est un cas bien difficile à résoudre, dit l'honorable magistrat, après avoir attentivement écouté Madame Collin.

Vous dites que vous avez été frappée dès votre première rencontre de l'insistance de cet homme à regarder la jeune fille.

— Oui, Monsieur, mais j'avais attribué cette attention un peu brutale à la physionomie très avenante et très ouverte de Madeleine.

— Il y avait, selon moi, une autre cause. Cet homme a dû être frappé par quelque ressemblance...

— Vous croyez donc ?...

— Je ne crois rien, Madame, je cherche. Il est possible que vous ayez affaire à quelque maître chanteur. S'il en est ainsi, nous n'aurons pas grand peine à le faire taire. Mais, si cet homme est réellement le père de la jeune fille, nous aurons plus de peine à tourner la difficulté.

— Comment ! s'écria Madame Collin. J'aurais élevé et soigné cet enfant, et le premier butor venu aurait le droit de me la reprendre !...

— Le premier butor venu, non, Madame ; le père, oui ; si toutefois il prouve sa paternité.

— Oui, s'il la prouve, dit Madame Collin, se raccrochant à cet espoir.

— Hélas ! Madame, je ne voudrais pas vous chagriner ; cependant je dois vous dire que s'il est réellement le père, il le prouvera facilement. Un homme du peuple, à Paris, est mis par son travail, par sa pauvreté même, en rapports constants avec mille témoins de sa vie. Il montrera d'abord l'acte de naissance, fera coïncider l'âge de l'enfant disparue avec celui de l'enfant trouvée devant votre porte ; les registres de l'état civil, muets sur ce nom à l'article décès prouveront que l'enfant existe encore, puis, viendra le défilé des voisins et des voisines...

— Mais c'est affreux, dit Madame Collin avec des larmes dans la voix. Si cet homme était un honnête ouvrier, je lui rendrais volontiers sa fille, quelque chagrin que je dusse éprouver de cette séparation. Mais il ne m'a pas l'air de s'être beaucoup amendé depuis le jour où sa pauvre femme perdait son enfant pour la soustraire aux méchants traitements et aux mauvais exemples. Ce n'est pas sa fille qu'il veut, c'est de l'argent. En conscience, je ne puis nourrir constamment les vices de cet homme.

— C'est précisément par ce point là que nous pouvons le réduire au silence car, dans notre difficile ministère nous n'avons, souvent, au service du bien que de simples moyens d'intimidation.

Je vais d'abord faire faire, sur cet homme, une enquête sérieuse. Je crois, d'après les antécédents dont nous venons de parler, qu'il aura de la peine à s'en tirer blanc. Alors, je le ferai venir et je lui dirai que les tribunaux lui refuseront certainement la direction d'une enfant qu'il ne saurait conduire qu'au mal et qu'en attendant la levée du siège et la reprise de la procédure normale, je le ferai coffrer s'il se permet la moindre tentative de chantage.

M^me Collin se retira en remerciant vivement le commissaire de police. Celui-ci ne perdit pas de temps, il fit venir un de ses bons limiers auquel il dit simplement :

— J'ai besoin de savoir le nom, les habitudes, les ressources d'un homme qui fait actuellement le métier de marchands de rats et qui débite sa marchandise le jeudi, dans la rue des Grands-Degrés. Il doit habiter les alentours. Comme signes particuliers, il se dit veuf d'une femme folle qui aurait volontairement perdu sa fille.

L'agent partit et le soir même déposait sur le bureau de son chef un long rapport.

Le commissaire le lut attentivement et devint grave.

— Oh ! oh ! dit-il ; est-ce que nous aurions découvert une vraie piste.

Puis il secoua la tête.

— C'est une vraie manie, ajouta-t-il. Chaque jour on m'amène des espions que je suis obligé de relâcher après avoir constaté qu'ils sont les gens les plus inoffensifs de la terre. C'est égal ; étant donné le caractère de l'individu, je vais toujours envoyer le renseignement à la préfecture.

En quittant M^me Collin, le marchand de rats avait repris, sur le palier, la corbeille contenant son étrange gibier.

— Elle n'est pas généreuse, la particulière, dit-il ; mais nous arriverons bien à la faire « casquer ». Et maintenant en route pour les affaires sérieuses.

Il descendit le faubourg Montmartre, traversa le boulevard, le longea pendant une demi-heure et rattrapa le quai par la ligne droite du boulevard Sébastopol.

Arrivé-là, au lieu de s'enfoncer dans les quartiers de la rive gauche, il suivit le fil de l'eau et descendit sur Bercy.

Il marchait toujours d'un pas pressé, qu'il ralentissait visiblement lorsqu'il apercevait la tunique d'un garde national ou quelque groupe curieux qui l'observaient. Dans ce dernier cas, il ne manquait jamais de s'approcher et de dire, en découvrant sa corbeille :

— Ces dames et ses messieurs veulent-ils m'acheter quelque chose. Fraiches comme l'œil et grasses comme des cailles, ces petites bêtes, et pour rien ! trois francs pièce.

L'Espion.

Quelquefois, on achetait; le plus souvent on se détournait avec dégoût. Les estomacs les plus indulgents avaient besoin pour avaler cet étrange gibier du déguisement que lui prêtait la casserole.

L'homme empochait l'argent et continuait sa route.

Il passa devant l'entrepôt; le faubourg allait s'espaçant; maintenant les maisons de haute construction étaient rare. C'était une suite misérable de bicoques, peut-être pittoresques de loin dans leurs lignes tronquées mais tristes à voir de près dans la saleté de leur dénûment.

Là, le marchand de rats couvrit sa corbeille d'un vieux mouchoir et n'exhiba point sa marchandise.

— Ceux-là ne la paieraient point, dit-il judicieusement; ils la prendraient.

Cette appréhension était amplement justifiée par l'attitude hâve et déguenillée de la triste population.

Plus le père la Bouteille avançait, plus les habitants se faisaient rares dans les rues. Il entrait dans le cercle que les obus prussiens avaient fait déserter. Ça et là, de pauvres gens qui n'avaient point voulu abandonner leur maison montraient, aux soupiraux des caves, des visages angoissés.

Au-dessus, les murailles croulantes faisaient à ces emmurés volontaires, des mausolées bizarres, semblables à ces tombes du désert que la piété fraternelle de chaque voyageur qui passe alourdit d'une pierre.

Ça et là, dans des pans de murs, restés debout, un obus avait découpé sur le fond neigeux du paysage un grand trou noir, sorte d'œil béant, vidé par l'énorme projectile.

Quelques mètres plus loin, les ramparts, cette promenade favorite des faubourgs parisiens, que bossunet maintenant comme une semée de fourmilières, les renflements des casemates. Des groupes de silhouettes, les gardes nationaux qui tuent le temps comme ils peuvent; entre eux, les fusils en faisceaux, accrochant la lumière diffuse et la renvoyant, sur l'herbe rase en paillettes bleues. De quinze en quinze pas, une sentinelle debout, les deux mains appuyées sur son chassepot, la visière du képi relevée et le regard perdu dans l'horizon comme pour y découvrir le noir fourmillement prussien.

La neige est tombée toute la nuit et le soleil froid, qui va disparaître, tache de rouge ce blanc linceul.

Sur ce fond éclairé les remparts, les bastions et les silhouettes mouvantes se détachent comme des ombres chinoises sur un drap tendu.

Cependant Michel était inquiet. L'heure lui semblait encore trop claire pour passer la poterne. Il revint sur ses pas et entra dans une petite auberge à moitié démolie par les bombes.

L'unique pièce de la guinguette était déserte, mais le marchand de rats semblait connaître parfaitement les êtres du pauvre logis, car il s'avança vers un trou noir qui bâillait à l'angle du mur de gauche et cria en se faisant un porte voix de ses deux mains :

— Y a-t-il quelqu'un ici ?

— Voilà ! répondit une voix.

Un hommes parut aussitôt au bord du trou comme un diable qui sort d'une trappe.

— Ah c'est toi, Michel, dit-il au marchand de rats, descends ; la ménagère est en bas.

Michel se rendit à l'invitation qui lui était faite et descendit l'échelle qui conduisait à la cave.

La femme de l'aubergiste était là avec ses deux enfants. On y avait porté les pauvres meubles du logis pour les préserver de la mutilation des bombes. Une petite fille de sept ans les essuyait soigneusement, comme de coutume pendant que la mère préparait le maigre repas du siège. Un autre petit de dix-huit mois trempait une poupée de linge dans un peu d'eau panée et la suçait avidement.

En voyant entrer le marchand de rats, le femme eut un léger mouvement de dépit qui n'échappa point au visiteur, mais il fit semblant de n'avoir rien vu.

— Eh bien, Mme Müller, comment cela va-t-il?

— Pas trop mal, répondit l'aubergiste pour cacher le plus possible la mauvaise humeur que sa femme ne manquait jamais de témoigner à Michel. Et toi?

— Moi j'attends le moment d'aller chercher quelques poules, dit le marchand. Et mais, à ce propos, Mme Müller, voici quelques friandises pour vous.

Il tira de sa corbeille une demi-douzaine de rats, et d'un bissac un chou très maigre.

— Ah ça, tu es donc devenu millionnaire dit l'aubergiste, avec un commencement de méfiance, car ces bibelots là coûtent fort cher...

— Pour ceux qui les achètent mon bon, mais pas pour ton serviteur qui les prend où il les trouve. Mme Müller, voilà un chou qui a poussé à Clamart et des rats qui ont grandi dans les égoûts de la rive gauche. J'espère que tout cela nous fera un excellent pot-au-feu.

La femme les prit et dit merci d'un ton froid. Les deux hommes continuaient à causer.

— Est-ce qu'on vous fait des difficultés pour vous laisser passer aux remparts maintenant? dit l'aubergiste.

— Non pas ! au contraire. On est loin de décourager les maraudeurs qui, seuls, ravitaillent Paris en ce moment. Mais ce sont les avant-postes prussiens qui nous tirent dessus dès qu'ils nous aperçoivent. Il n'est pas prudent de marauder avant la nuit.

— Eh bien attends ici, mon vieux ; tu prendras ta part de la soupe.

La femme jeta un regard de travers à son mari. Ce n'était pas la maigre pitance promise et venant diminuer la sienne qui l'inquiétait. Non ; en ce temps de dénûment lamentable, la charité parisienne fut plus héroïque, plus ingénieuse, plus inépuisable que jamais. Mais elle avait flairé quelque chose de louche dans cet homme et le détestait cordialement.

Néanmoins, pour ne pas chagriner son mari elle fit bon visage à l'hôte, mais quand elle le vit disparaître par l'échelle qui servait d'issue à la cave, elle ne put se défendre d'un mouvement de satisfaction.

Quand l'aubergiste redescendit, elle lui dit doucement :

— Tu as tort de recevoir, Michel, mon ami, c'est un espion.

— Allons donc ! encore ces idées, répliqua le mari en haussant les épaules. C'est un pauvre diable qui gagne sa vie comme il peut en ramassant des légumes qu'il vend ensuite dans Paris.

— Enfin, dit la femme, tant mieux si je me trompe, mais je n'ai pas confiance.

---

## VII

### AUX AVANTS POSTES

Le marchand de rats avait traversé la poterne sous l'œil bienveillant des gardes nationaux.

— Encore un qui va « au marché » !

— Prenez garde, l'ami ; la monnaie est chaude de ce côté là !

— Tâchez de nous pincer une vieille poule, on vous la paiera comme si elle était jeune.

L'homme passa, riant aux plaisanteries du corps de garde et resta quelque temps en vue des remparts, explorant la zone militaire. Cette zone, à l'époque où l'on était arrivé, c'est à dire dans les premiers jours de janvier, aurait pu faire concurrence aux paysages les plus désolés de la Crau.

C'était un véritable océan de pierres. Toutes les habitations construites dans un périmètre déterminé avaient été jetées à bas afin d'enlever autant de points de mire aux boulets prussiens. Les pierres avaient d'abord écrasé brutalement la riante végétation des jardins, puis vaincues à leur tour par l'herbe s'étaient enterrées dans les massifs renaissants. Les arbres s'étaient redressés au milieu des ruines formant d'abord des cadres verts à ces blocs entassés. Puis la neige était venue poudrant la pierre et poudrant les arbres, et ces derniers, avec leurs bras décharnés et barbelés d'aiguillettes cristallines, semblaient sous la lune magique, les âmes errantes de cette nécropole circulaire.

De ci, de là quelques gloussements effarés et inquiets. Pauvres volatiles de basse-cour, abandonnés par leurs propriétaires, vivant comme ils pouvaient et diminuant, chaque jour, sous la chasse impitoyable des maraudeurs.

Michel fit même détaler deux canards en rasant un bassin à moitié démoli qui occupait jadis le milieu d'un élégant jardin. Mais il ne s'arrêta pas à cet incident. Ce gibier qui eût semblé une fortune aux Parisiens en maraude, n'éveilla pas sa convoitise. Il semblait bien plus préoccupé de s'éloigner des remparts, sans exciter la défiance que de remplir sa gibecière.

Au bout d'une heure de marches et de contre-marches il se trouva avoir atteint la rive de la Marne et s'engagea dans un petit sentier, bordé de saules, qui suivait l'eau. Là, il était complètement hors de vue. La nuit, quoique très claire, se faisait noire sous les arceaux de verdure.

Arrivé à la hauteur d'une petite île qui précède « la boucle, » il s'arrêta. Le sentier s'élargissait et passait en plaine découverte. Plus d'arbres, plus d'ombre ; la lune tombait claire sur le champ nivelé par la neige. A droite, seulement, au milieu de l'eau, l'ilôt boisé mettait un point d'ombre dans la nuit blanche de l'hiver.

— Attention! dit Michel ; il s'agit de ne pas se laisser canarder comme un simple lapin.

Il ôta son chapeau crasseux et le couvrit entièrement d'un mouchoir blanc. Mais à peine l'avait-il remis sur sa tête qu'un coup de feu, parti de l'île, traversa la singulière coiffure et Michel effaré, mais non blessé, prit les jambes à son cou. Il courut sans reprendre haleine, jusqu'à un léger repli de terrain qui ondulait la plaine et commençait les hauteurs du plateau de Gravelle.

Là, comme il s'y attendait sans doute, il trouva un avant poste prussien qui, voyant le mouchoir blanc au chapeau, le laissa passer avec tous les égards dus à son honorable service d'espion.

Depuis une heure, l'officier prussien écoutait l'homme et tout en prêtant l'oreille à ses verbeux récits, prenait rapidement des notes. Puis il prit des mains de Michel un rouleau de journaux et de dépêches qui, malgré le blocus, arrivaient dans Paris par toutes sortes de moyens plus étranges les uns que les autres. En échange, il tira d'un coffret une somme assez ronde qu'il tendit à l'espion. Celui-ci les faisait passer avec précaution dans la doublure de sa veste lorsqu'une grande rumeur s'éleva du dehors.

L'officier dressa l'oreille, mais avant qu'il eût pris le temps d'aller aux informations, une sentinelle était entrée et lui avait jeté rapidement quelques mots en allemand.

Laissant l'homme, l'officier s'élança au dehors, le sabre au poing. A cinquante pas les éclaireurs Franchetti avaient surgi d'un repli de terrain et s'étaient rué sur les Prussiens confiants, à moitié endormis.

Les éclaireurs Franchetti qui tiraient leur nom de celui de leur capitaine, étaient, malgré leur costume d'opéra comique et comme la plupart des corps francs, des braves déterminés dont la défense de Paris eût pu tirer un grand parti si le général Trochu avait été un adepte moins fanatique de cette religion épidémique de l'armée qu'on appelle « le bouton de guêtre. »

Hors du « soldat » de cet être passif qui « mange la soupe » marche au commandement, et fourbit réglementairement ses différentes pièces d'équipe, rien n'existe pour la défense de la patrie.

Et cependant, toutes les qualités d'aventure et d'audace que le Parisien possède à un si haut degré auraient pu donner des résultats sérieux si elles avaient été utilisées. Mais nos généraux ne voulurent rien accorder sur ce point et leur entêtement systématique a paralysé bien des bonnes volontés.

L'action fut courte et chaude. Les Prussiens, attaqués à la baïonnette poussaient des clameurs horribles. Le combat corps à corps a toujours épouvanté ces masses lourdes et passives qui se battent sans conviction et qui n'aiment point leurs chefs arrogants et durs. En vingt minutes le poste fut enlevé, et l'officier, relevé mourant par les éclaireurs Franchetti fut porté dans la tente où quelques instants auparavant, il donnait audience à l'espion.

Celui-ci s'était blotti en attendant de pouvoir s'échapper tout à fait, derrière un affût hors de service. Mais les vainqueurs qui, après avoir écouté, leur courage et leur patriotisme, accordaient une attention bienveillante aux réclamations de leur estomac le découvrirent facilement en cherchant des vivres.

Le lâche s'empressa de parler afin qu'on ne le prît pas pour un allemand.

— Qu'est-ce que c'est que cet animal là, dit un des volontaires, si ce n'est pas un allemand? Il sent son espion d'une lieue. Sortez de votre trou et venez parler au capitaine.

Franchetti regarda avec dégoût cette figure basse et sordide.

— Comment vous trouvez-vous là? lui demanda-t-il.

— Mon capitaine c'est bien simple. J'ai été fait prisonnier par les soldats qui occupaient ce poste pendant que je maraudais.

— Fouillez cet homme, dit Franchetti.

Le marchand de rats se laissa faire. Il avait eu la précaution de jeter l'or qu'on lui avait donné pour prix de sa délation et quant aux dépêches qu'il avait livrées, elles étaient au pouvoir de l'officier qu'on ne fouillerait certainement pas avant qu'il fût mort. Cela lui donna un certain aplomb qui sans convaincre absolument Franchetti, ébranla un peu la première idée qu'il s'était faite sur Michel.

Nous n'avons rien trouvé, capitaine, que six rats

dans une boîte, dirent les deux volontaires qui s'étaient chargés de la besogne.

— Je suis marchand de rats, mon capitaine; par le temps qui court, on fait ce qu'on peut.

— C'est bien, dit Franchetti. Qu'il reste ici jusqu'à nouvel ordre.

Michel, à moitié rasssuré, revint s'asseoir contre l'affût et, sans mot dire, réfléchit à sa situation, et au moyen pratique de s'en tirer.

— C'est à vous l'ami, ce chapeau de jockey, dit un volontaire et ramassant derrière l'affût le chapeau entouré d'un mouchoir blanc.

Michel pâlit mais aussitôt reprit son assurance.

— C'est à moi, oui, Monsieur. Quand je vais en maraude par un temps de neige, je me coiffe de blanc pour ne pas servir de cible aux Prussiens. Et vous voyez que j'ai raison et que je n'ai pas mis mon mouchoir encore assez tôt aujourd'hui. Voyez plutôt cette balle, ajouta-t-il en montrant la déchirure que le projectile avait faite à son feutre crasseux. Elle a passé bien près de ma tête.

— Elle aurait bien fait d'y prendre son billet de logement, dit un des volontaires.

— Allons, voyons, ce que cet homme dit est plausible, dit un autre bon enfant.

Michel ne répondit pas. Il prit le morceau de pain qu'on lui tendait pour souper, s'étendit sur la paille et parut s'endormir profondément. En réalité, il veillait, attendant le moment propice pour s'échapper, car il ne se sentait pas en rassurante compagnie. Sa conscience assez peu nette lui faisait craindre les résultats d'une nouvelle enquête. Que l'officier prussien qui râlait en ce moment sous la tente, trépassât, son héritage immédiatement inventorié mettait à découvert les

Les canons des fédérés.

dépêches et journaux apportés de Paris. Et dame ! ces parisiens qui souffraient la faim, le froid, l'angoisse ; qui se défendaient eux-mêmes puisque personne ne voulait s'en charger, n'étaient pas tendres envers les espions. Le plus sûr était de détaler au plus vite.

Au beau milieu de la nuit, il en trouva l'occasion. La sentinelle accablée dormait debout, accotée à son fusil. Les autres couchées en tas dans la paille, s'étaient enveloppés de couvertures, toiles, vêtements abandonnés par les Prussiens. Avec ce rude froid de janvier, on ne pouvait dormir la tête découverte. Michel put donc sans être aperçu, se glisser hors du campement et reprendre le sentier par lequel il était venu.

Il hésita bien quelque peu en approchant de l'île boisée qui lui avait valu une bonne alerte à son premier voyage, mais il se rassura en pensant que cette balle perdue lui avait été précisément adressée par les éclaireurs embusqués dans les taillis.

Il reprit donc sa course et entendit, non sans terreur, deux balles siffler l'une après l'autre. A cinquante mètres plus loin, il se tâta pour s'assurer qu'il n'était point blessé et repartit en courant dans la direction des remparts qu'il traversa sans autre incident.

Le bruit des deux détonations successives avait mis le poste en émoi. En un clin d'œil, les éclaireurs furent sur pied croyant à un retour offensif des Allemands.

Le capitaine Franchetti, qui s'était avancé seul à l'entrée du sentier, épaulait déjà son fusil sur une forme indistincte, lorsqu'un cri joyeux lui fit abaisser l'arme.

— Français! avait crié une voix mâle et rude.

— Le sergent Hoff! s'écria le chœur des volontaires.

— A votre service, Messieurs! dit le vieux sergent

en faisant le salutmilitaire. Y a-t-il longtemps que vous êtes là ?

— Deux heures, répondit Franchette.

— C'est vous qui avez régalé les Prussiens de cette fusillade ?

— Nous-mêmes, mon vieux, dit Franchetti et toi tu faisais comme toujours ta chasse aux canards dans la Marne.

— Buisson creux, aujourd'hui, mon capitaine. Je n'ai pas tué mon Prussien et j'ai manqué deux fois un espion.

Un espion! dit le capitaine, auquel le marchand de rats revint immédiatement en mémoire.

— Pas autre chose, dit le vieux sergent. Voilà bien longtemps que je le guigne car ce n'est pas la première fois qu'il fait ce joli métier. Mais jamais il n'est passé à portée de mon fusil excepté ce soir où je l'ai manqué, comme un conscrit. Il est arrivé à l'avant-poste prussien que vous occupiez hier au soir ; vous devez avoir mis la main dessus.

— Mais oui, dit un des volontaires qui, dès les premières paroles du sergent, avait fait une enquête sommaire du côté de l'affût, seulement nous l'avons laissé échapper !

— Il s'est sauvé ! s'écria Franchetti.

— Parfaitement, capitaine et sans le moindre bout de permission.

— Il courait comme un lièvre reprit le sergent Hoff ; mais puisque vous l'avez vu, vous pouvez donner son signalement à la préfecture.

Cela sera fait dès demain, dit Franchetti.

En ce moment, on vint prévenir le capitaine que l'officier mourant voulait lui parler.

Le Français se rendit immédiatement à l'appel du moribond et lui tendit la main.

Le blessé eut un pâle sourire et souleva sa main défaillante.

— Capitaine, dit-il, quand je serai mort, vous ferez parvenir à ma femme une lettre que je porte cousue à ma tunique ainsi que les quelques valeurs que j'ai sur moi.

— Soyez tranquille, elle saura de plus que vous êtes tombé comme un brave.

Le moribond leva les yeux vers le ciel qui filtrait froid et bleu par la portière de toile soulevée et ce regard triste et résigné semblait dire que la gloire militaire n'est peut-être pas assez pour dédommager le cœur de l'abandon de la vie et du foyer.

Une heure après, il gisait déjà raidi sur le grossier lit de camp. Franchetti allumait à son chevet un débris de rat-de-cave trouvé par terre ; la petite étoile tremblante dansait sur la toile bise d'un sac décousu à la hâte pour en faire une sorte de drap et deux volontaires de vingt ans, la cigarette aux lèvres et l'espérance au cœur, faisaient la veillée mortuaire, en escomptant près de ce cadavre la victoire du lendemain.

*Fructus belli!*

## VIII

### LES DERNIÈRES CARTOUCHES

Paris se croyait seul. Il pensait que la province abandonnait sa capitale.

On avait tout fait pour trouer les lignes et donner la main à l'armée de la Loire, mais la jonction n'avait pu s'opérer.

Il aurait fallu se lever en masse hors des lignes d'investissement : La province qui avait envoyé à Paris quelques bataillons de mobiles, sans vêtements et sans armes, croyait-elle donc avoir fait assez ?

La « trouée » était devenue l'obsession des Parisiens. Ce mot revenait dans toutes les harangues, sauf celles du gouvernement. Quatre cent mille hommes, disait le gouverneur ne sont pas quatre cent mille soldats. Le mot est juste, mais peut-être un peu trop prudent. Les crises graves deviennent souvent mortelles lorsqu'on les traite par la temporisation.

Le 2 décembre avait eu lieu la reconnaissance héroïque de Villiers-sur-Marne et de Champigny. L'armée de Ducrot s'est battue vaillamment, et cependant la trouée n'est pas faite. Là, comme ailleurs, les lignes sont trop profondes.

Le 19, Montretout, Longboyau, Buzenval. Les compagnies de la garde nationale de marche étaient rentrées dans Paris, non découragées, mais prodigieusement décimées et quels vides!

Généraux, colonels, chefs de bataillon et simples mobiles;

Négociants, avocats, artistes et simples ouvriers, tout s'est offert à l'hécatombe patriotique.

Le 27 décembre, centième jour du siège, le bombardement commence.

C'est la plus triste page de l'histoire contemporaine d'Allemagne. Les obus prussiens visaient avec soin le drapeau blanc qui s'élevait au-dessus des établissements hospitaliers et des écoles.

Un jour, l'église Saint-Nicolas-des-Champs reçut cinq petits cercueils; cinq pauvres petits anges frappés à l'école en épelant l'alphabet!!

Pour protéger l'ambulance du Val-de-grâce du tir systématique et inhumain des cannoniers allemands, on y transporta des prisonniers Prussiens et l'on informa le Chancelier de cette disposition. A partir de ce jour l'hôpital militaire ne reçut plus aucun projectile...

Oh ! que le règne de l'esprit arrive et que les nations éclairées et instruites soient assez justes et assez calmes pour opposer, sans colère, une barrière infranchissable à l'ambition meurtrière de ces mauvais génies qui passent sur les peuples comme l'ouragan sur les moissons !

Toutes les souffrances endurées, toutes les humiliations subies sont la preuve indiscutable qu'un état de choses barbare et obscur règne encore sur la moitié du monde dit civilisé. L'Allemagne, la dernière venue aux conquêtes humanitaires, l'Allemagne qui nous a asphyxiés de sa poudre, sera, à son tour, noyée dans la lumière française. Ainsi Rome vaincue a dominé ses vainqueurs

Le 28 janvier, après trente et un jours de bombardement continu, Paris demande l'amnistie.

C'était fini, mais du haut de leur défaite, les Parisiens dictèrent encore les conditions.

Les Bavarois que l'on chargea d'entrer dans Paris afin de pouvoir dire que les Allemands avaient occupé la capitale du monde. le firent comme des voleurs de nuit, le cou tendu et l'arme au poing.

Le bataillon ennemi, qui arrivait par la route de Versailles, se sépara en deux colonnes pour passer à droite et à gauche de l'arc de l'Étoile. Sous le gigantesque monument deux mille gamins se tenaient, coude à coude, afin d'empêcher le passage triomphal. Il eût fallu les écraser par une charge de cavalerie. Mais on avait donné l'ordre prudent de ne point exaspérer les

Parisiens car on redoutait tout de leur douleur et de leur orgueil patriotique froissé.

On était au 1er mars ; la neige de l'hiver terrible avait à peine fondu dans les rues, et ce fut par un jour brumeux semblant porter le deuil de Paris, que le troupeau allemand fut parqué dans un quadrilatère déterminé d'avance. Le Chancelier, prudemment, avait choisi pour l'occupation de l'armée allemande un espace découvert, quartier riche et absolument dépeuplé. En cas d'attaque ou de collision, les 30,000 Bavarois qui formaient l'escorte de l'Empereur et de son ministre, eussent pu se retrancher dans les hôtels déserts et les changer en forteresses.

Les Allemands se massèrent donc dans l'espace compris entre la Seine et la rue du faubourg Saint-Honoré depuis la place de la Concorde jusqu'aux Ternes.

Sur la grille du jardin des Tuileries, et barrant la rue de Rivoli, les gavroches — toujours — avaient tendu toutes les loques qui étaient tombées sous la main afin d'empêcher ces bons Fritz de voir Paris dont ils avaient, du reste, plus de peur que de curiosité.

Quarante-huit heures après, le 3 mars, les Allemands quittaient Paris aussi silencieusement qu'ils y étaient venus.

Puis vint le traité définitif de paix et la rançon de cinq milliards exigée par la Prusse. La France les accorda sans discussion, et la misérable Allemagne, pauvre jusqu'aux haillons, et prise de vertige de voir tant d'or à la fois, regretta vivement de n'avoir pas haussé sa demande.

Ce regret dut s'accentuer, lorsque, quatre mois après, la Chambre votant un emprunt de trois milliards le vit couvrir quarante-huit fois !

La guerre était finie, mais les Allemands avaient, pour nous vaincre autre chose que des fusils.

Un des articles du traité de paix était celui-ci :

« L'évacuation de l'Oise, Seine-et-Oise, de Seine-et-» Marne, de la Seine et des forts du nord de Paris aura » lieu *aussitôt que le gouvernement allemand jugera* » *le rétablissement de l'ordre, tant en France que* » *dans Paris, suffisant pour l'exécution des engage-* » *ments contractés par la France.* »

Ces quelques lignes nous ont valu la Commune. L'agitation civile devenait en effet un excellent prétexte d'occupation pour les troupes allemandes ; et, pendant que les blonds Germains mangeaient le pain français, ils ne diminuaient point la part déjà si maigre des faméliques restés là-bas. Les pendules, les meubles et les bijoux de toutes sortes étaient chargés de faire prendre patience aux Gretchens fidèles.

---

# IX

## CHERCHE A QUI LE CRIME PROFITE

L'Allemagne, ou pour mieux dire le comte de Bismarck et son souverain, avaient cru laisser la France exsangue. Lorsqu'au lendemain de la défaite, ils la virent se redresser pleine de confiance et d'espoir, ils crurent à un simple accès de galvanisme. Leur victime était cadavre, rien ne devait la ressusciter.

Cependant, l'œil d'aigle qui préside aux destinées allemandes ne fut pas long à voir plus juste. La guerre n'avait été, pour la France qu'une question pécuniaire ; plaie d'argent n'est pas mortelle. Le deuil immense qui s'était abattu sur elle, l'avait trouvée vaillante ; elle n'était point morte de douleur ; la prospérité allait renaître.

Ce n'était point là ce qu'attendait le chancelier

prussien. Il avait compté sur les dissensions que le malheur produit souvent dans les milieux bas et appauvris et, les prévoyant, il avait fait insérer dans le traité définitif de paix ces quelques lignes élastiques qui préparaient l'Allemand à devenir le pacificateur de la France.

Ils mettraient le holà dans nos foyers! On commencerait par nous laisser battre avec entrain ; puis lorsqu'on aurait joué en amateur du spectacle de nos haines, on surgirait comme le *deus ex-machina* pour nous mettre d'accord !

Et l'addition de la carte aurait été sans doute, cinq nouveaux petits milliards. On ne saurait trop récompenser les agents de paix et de concorde !

Mais Paris ne songeait point du tout à ce post-scriptum de la guerre. Il sortait d'une crise suprême, vaincu, mais ennobli et purifié. Il sentait le besoin de réparer ses forces pour reconquérir la prospérité perdue.

Dans cette population courageuse, pas un honnête homme qui n'eût été précipité soit d'une aisance patrimoniale, soit d'une situation laborieusement conquise. Chacun songeait à relever les ruines et non point à en créer de nouvelles. C'était au travail qu'on allait demander l'apaisement des souffrances et la cicatrisation des blessures.

Mais l'allemand veillait.

Paris avait bravement supporté toutes les misères, celles du cœur, celle du pain, celle de l'argent. Sa garde nationale, depuis le commencement de l'invasion faisait crédit à la Patrie. Avant tout il fallait payer la rançon. Chaque ouvrier de la défense laissait à la caisse les trente sous par jour qui devaient hâter la formation des milliards.

Au lendemain de l'armistice, et par suite des exigences du ravitaillement, la population des faubourgs se trouva en rapports directs et constants avec les avant-postes prussiens.

Bientôt Paris fut étonné d'entendre traîner des canons dans les rues. On les entassait sur les buttes Montmartre et Chaumont et, chaque nuit, des bataillons de la garde nationale, rassemblés sans ordre de la place, allaient clandestinement prendre la garde de ces parcs d'artillerie.

Un beau matin Paris s'éveille doté d'un « Comité Central » sorte de pouvoir occulte et malfaisant avec lequel le gouvernement eut le tort grave de compter.

Du jour au lendemain, les meneurs de la commune, tous meurt de faim étrangers : Dombrowski, Landowski, Romaneski, Okolowitz, La Cécilia, Wroblewki, trouvèrent de l'argent pour donner à la milice nationale ces fameux trente sous par jour dont elle faisait crédit au pays rançonné.

D'où venait cet argent ? Des coffres allemands, sans doute. Du reste, les procès de la cour martiale de Versailles après l'insurrection, ont révélé dans les rangs de la garde nationale autant d'étrangers que de Français, les premiers soudoyés par la Prusse pour entraîner les seconds.

Cependant la population parisienne s'inquiétait. Le

18 mars, un régiment de ligne, le 88ᵉ, détaché pour reprendre aux gardes nationaux le parc d'artillerie des buttes Montmartre, avait pactisé avec les rebelles et levé la crosse en l'air. Quelques heures plus tard, un bataillon de chasseurs d'Afrique était reçu place Pigalle, par un feu de peloton, le capitaine tué à bout portant sur son cheval et ses hommes dispersés.

L'assassinat n'avait point manqué à cette journée de fête. Les généraux Lecomte et Clément Thomas avaient été fusillés rue des Rosiers. Les balles allemandes avaient respecté la vie de ces deux braves ; les balles françaises ne firent point grâce.

Les honnêtes gens, dont le crime constant et immense est toujours l'abstention, s'émurent enfin et se comptèrent.

Le 22, trois mille personnes parcouraient les boulevards et arrivaient place Vendôme précédés d'un drapeau tricolore portant cette inscription :

RÉUNION DES AMIS DE L'ORDRE

Ce groupe conciliateur se massa sur la place devant l'état-major et fut aussitôt invité par la garde nationale à se retirer.

Des pourparlers assez chauds, quoique pacifiques encore, s'échangèrent et tout porte à croire que les manifestants se fussent retirés sans encombre sans les espions qui veillaient là. Tout à coup, des hommes, restés inconnus et postés au fond de la place, vis-à-vis l'état-major, déchargèrent leurs fusils sur la garde nationale qui, furieuse, répondit par une effroyable bordée d'artillerie et, lorsque la place eût été évacuée, on releva quinze morts.

Le 28 mars, on proclamait la Commune. Ce gouvernement, qui devait inaugurer l'ère des franchises municipales, ne donna que de mauvais fruits, comme tout ce qui naît du désordre.

Comme en 93, dès le commencement, une scission profonde se fit entre les avocats de l'avenir et les partisans du passé, entre les « fédéralistes et les nouveaux Jacobins. »

Les premiers rêvaient un 89 ouvrier; la prédominance de l'homme qui exerce un état manuel sur les hommes des autres castes; le morcellement de la France en communes ayant chacune leur franchise; le rapport équitable maintenu entre le capital et le travail; c'est-à-dire, à côté de graves erreurs, de beaux aperçus et des réformes utiles.

Les seconds, apôtres de l'unité, demandaient le triomphe de l'idée démagogique dans toute son impossibilité expérimentale. C'est la politique qui doit leur servir de marchepied.

Et sur cet incendie naissant l'Allemagne soufflait toujours.

On touchait à l'heure la plus triste de cette lamentable année.

Paris, qui avait vu s'approcher l'ennemi sans chercher à fuir, qui avait accueilli les boulets prussiens avec une telle insouciance qu'un décret avait paru pour interdire aux imprudents « les rassemblements autour des obus tombés », Paris se vidait comme par enchantement. Le tapage clinquant des délégués de la Commune qui parodiaient en vociférant dans les rues, n'arrivait point à galvaniser la ville qui semblait une vaste nécropole.

Tous les jours, la préfecture de police était assaillie

Devant l'affiche.

de nombreuses demandes de passe port. Bien que le conseil communal eût fait défendre d'afficher sur les murs aucune proclamation émanant du comité de Versailles, on savait que l'armée régulière s'organisait pour venir, coûte que coûte, reprendre Paris aux factieux. Et cette guerre de Français contre Français faisait horreur aux plus intrépides. On n'avait point marchandé, quand il s'était agi d'arracher le sol natal à l'invasion allemande ; tant qu'il n'avait fallu que des soldats pour marcher à l'ennemi, l'appel n'était jamais demeuré sans réponse, mais quand la Commune demanda des assassins et Versailles des justiciers, le courage parisien fit banqueroute ; ce fut un sauve qui peut général.

Alors une poignée d'étrangers raccola la tourbe parisienne, ramassis de figures étranges qu'on ne voit qu'en ces tristes jours de révolution et la Commune commença.

Ce fut une pantalonnade odieuse, à laquelle on pardonnerait si elle n'avait été que grotesque, mais elle fut sanglante et arbitraire. Au nom du drapeau rouge — torchon radieux, comme l'a dit Victor Hugo — se commirent des atrocités qui laisseront peser sur cette lamentable époque le plus triste des souvenirs.

C'est surtout de ces deux mois d'assassinats que le chancelier allemand rendra compte sévère à celui qui pèse les œuvres humaines.

---

# X

## OU L'ON RETROUVE UNE VIEILLE CONNAISSANCE

— Oui, citoyens, je vous le dis, sans barguigner ?

La Commune, seule, peut sauver la France !

— Vive la commune, hurla un chœur de braillards débraillés.

— Silence citoyens ! écoutez une communication importante. La Commune aura soin du pauvre peuple. Vous ne travaillerez plus douze heures de suite pour un salaire dérisoire. Désormais les patrons ne pourront plus vous exploiter... Mais, pour cette œuvre grandiose, la Commune a besoin de bras...

Le chœur des braillards débraillés essaya de se lever, mais le petit bleu arrêta ce bon mouvement.

— Oui, citoyens ; il faut des bras à la commune. Et vous croyez peut-être que la Commune ne vous paiera pas comme ce traître Trochu. Vous aurez trente sous par jour, citoyens; régulièrement et payés d'avance!

Et j'ai l'ordre de solder huit jours à l'enrôlement. Allons, braves citoyens, vos noms.

Et les ivrognes de s'engager sans savoir à quoi, et les trente sous de pleuvoir, et les verres de s'emplir, et les Allemands qui faisaient mouvoir ces odieux pantins de se réjouir.

Quant à la France, se drapant haut dans sa dignité de mère outragée, elle reniait pour ses fils ces dévoyés de toutes les classes qui la poignardaient et lui couvraient le cœur d'un drapeau rouge pour que le sang ne s'y vît pas.

— Allons citoyens! trente sous! qui en veut!

Et la France, humiliée, s'attristait comme jadis le Maître vendu pour trente deniers.

— Allons citoyens! trente sous!

Celui qui parlait était bien reconnaissable malgré la chamarrure de galons et de franges dont il avait prétendu rehausser sa problématique valeur. C'était Michel, dit la Bouteille. Le marchand de rats avait vu grandir sa fortune d'espion. Maintenant c'était la tête haute qu'il accomplissait son œuvre ténébreuse.

Le général Dombrowski l'avait, sur la demande discrète d'un chef prussien, nommé son aide de camp. Et ce Français dégénéré par la paresse, acculé par la misère qui en résulte, perverti par l'envie féroce des fainéants qui n'ont rien contre le travailleur qui possède, ce français d'égoût, comme en produisent les basfonds des grands centres, était bien le bras droit qu'il fallait à cet aventurier de Pologne qui avait déjà bouillonné dans la lie de toutes les insurrections européennes.

Allons citoyens ! trente sous !!...

Mais l'homme s'arrêta soudain, se précipita à l'une des fenêtres du cabaret et suivit des yeux pendant quelques secondes une dame et sa fille qui s'étaient arrêtées pour donner à un enfant un morceau de pain et un fruit tirés d'un panier lourdement chargé qu'elles rapportaient sans doute de quelque marché voisin.

— Ce sont mes particulières, s'écria-t-il.

— Ohé général ! — Tout le monde était général pendant la Commune — Voilà que vous prenez feu pour les jolies filles, dit le maître de l'établissement.

Mais déjà Michel avait pris son attitude mélodramatique d'orateur de carrefour.

— Honorables citoyens, dit-il au stock d'ivres-morts qui l'entouraient, honorables citoyens, ma mission ne consiste pas seulement à rallier à la Commune les bons patriotes comme vous ; il faut aussi que je traque — que je découvre, reprit-il, afin d'être compris, — que je découvre ses ennemis.

Tu vois ces deux femmes, continua-t-il en s'adressant à un jeune homme qui paraissait un peu plus d'aplomb sur ses jambes que les autres. Je les cherche depuis longtemps. Tu vas les suivre sans éveiller leur attention et noter leur adresse que tu me rapporteras fidèlement. Je t'attends ici.

Comme péroraison, il glissa cinq francs dans la main du jeune drôle qui se mit immédiatement à la piste.

Elles me le paieront, enfin! avait dit rageusement le marchand de rats en constatant que sa recrue filait avec beaucoup d'intelligence les deux femmes qui ne se doutaient de rien.

Pour nous expliquer les motifs de haine qui faisaient agir Michel, il faut que nous remontions un peu en arrière.

Lorsque échappé par miracle aux balles du sergent Hoff, Michel était rentré dans Paris, il avait passé le reste de la nuit dans la petite auberge qui l'avait accueilli la veille. Là, pour expliquer son désordre aux yeux méprisants de la femme de l'aubergiste, il avait raconté une attaque d'avant-poste dans laquelle il avait failli être enveloppé. Pendant de longues heures, il était resté blotti sous une botte de paille.....

La femme le crut ou fit semblant de le croire; elle lui désigna de la main un matelas étendu dans un coin de la case. L'homme s'étendit et resta là jusqu'au jour, ne voulant pas rentrer au milieu de la nuit à son domicile de peur d'exciter les soupçons des vois ns, déjà fort éveillés.

Lorsqu'au grand contentement de la femme de l'aubergiste, il reprit le chemin du quartier Maubert, il eut, en arrivant à son taudis, une surprise désagréable.

La concierge de ce ramassis de masures lui remit une feuille pliée sans enveloppe assez semblable aux papiers d'avis des contributions. Il va sans dire que le pli n'étant pas cacheté la concierge en avait pris connaissance et, avec elle toutes les commères du quartier.

La feuille imprimée contenait seulement quelques mots autographiés et invitait laconiquement le sieur Michel à se rendre au commissariat de police du quartier St-Georges.

— J'ai tambouriné tout à l'heure à votre porte pour vous la remettre tout de suite. Faut que vous ayez le sommeil dur pour ne pas m'avoir entendue.

— Je suis sorti de grand matin, répondit Michel, assez embarrassé.

La concierge le laissa s'éloigner, puis se retournant vers deux commères qui s'étaient assises au fond de la loge avec leurs paniers sur les genoux.

— Ça ne lui fait pas plaisir, ce petit mot du commissaire de police. Bien sûr que ce n'est pas à dîner qu'on l'invite.

Les trois personnes se mirent à rire bruyamment.

Michel, rentré chez lui, tournait et retournait la feuille qu'on venait de lui remettre. Il avait de bonnes raisons pour trembler au moindre signe d'orage, car sa conscience n'était rien moins qu'en repos.

Puis tout-à-coup il eut un éclair.

— Quartier St-Georges, 9e arrondissement, dit-il en lisant l'indication qui se trouvait en marge. Parbleu ! j'y suis. C'est la bourgeoise de la rue Lamartine qui aura été conter au commissaire de son quartier que je voulais la faire « éclairer. » A nous deux, ma bonne dame ; rira bien qui rira le dernier !

Complètement rassuré, il répara le désordre de sa toilette, mangea ce qui lui tomba sous la main et, comme la feuille d'invitation portait de neuf heures à midi, il sortit et prit le chemin du faubourg Montmartre.

Arrivé au commissariat de police, il ne put se défendre d'une certaine reprise de terreur. Les habitants de son quartier lui avaient témoigné tant de malveillance, les soupçons des parisiens étaient si faciles à éveiller, la fibre patriotique si nerveusement tendue qu'il pouvait bien se trouver en face d'une dénonciation plus grave qu'il ne croyait.

Toutefois, il n'eût guère le temps de se mettre martel en tête et de combiner sa défense car on le fit entrer sitôt qu'il eût fait passer sa lettre d'invitation.

— Vous êtes le nommé Michel, dit le commissaire qui avait eu soin de se mettre à contre-jour et de placer son interlocuteur en pleine lumière.

— Oui, M. le Commissaire.

— Comment vivez-vous actuellement?

— Comment je vis?

— Oui ; quelles sont vos ressources?

— Monsieur le Commissaire je vends le jour les rats, les chats et les légumes que je récolte la nuit.

— Ah ! Êtes-vous marié?

— Je suis veuf.

— Avec ou sans enfants?

Nous y voilà, pensa Michel.

Alors, très simplement, comme un bon père de famille, il raconta au commissaire la touchante histoire des malheurs qui l'avaient frappé : folie et mort de sa femme, disparition de l'enfant, ses efforts pour la retrouver...

— Alors, dit le commissaire qui l'avait écouté sans l'interrompre et surtout sans le quitter des yeux, alors, vous n'avez jamais entendu parler de cette enfant ?

Michel hésita un instant, puis il prit le parti d'aborder de front le danger.

— Monsieur le Commissaire, dit-il, je vais vous parler franchement. Je l'ai retrouvée, mais la personne qui s'est chargée d'elle et qui l'a parfaitement élevée, je dois le dire, ne consentira jamais à me la rendre ?

— La lui avez-vous demandée ? dit le commissaire.

— Je... c'est-à-dire non... J'ai eu peur de trop la chagriner en lui disant cela brusquement.

— Mais vous n'avez pas craint d'alléger sa bourse par un chantage éhonté, reprit sévèrement le commissaire. De deux choses l'une, Michel, où vous êtes le père de cette enfant et, lorsque vous en aurez fait la preuve, le tribunal appréciera si vos moyens d'existence sont assez sûrs et votre genre de vie assez moral pour qu'on vous confie la tutelle d'une jeune fille. Ou vous n'êtes pas son père, et, alors, vous serez poursuivi pour escroquerie par voie de chantage.

Je suis le père de Madeleine, dit Michel avec emportement, et je le prouverai quand on voudra.

— Quand on vous le demandera seulement Michel. Nous sommes en état de siège et la cour martiale n'a rien à faire pour vos réclamations en paternité. Nous attendrons, pour y donner suite, la fin de cet état de choses et la reprise de la procédure ordinaire.

D'ici là, je vous engage à laisser M^me^ Collin tranquille car si vous osiez lui demander encore de l'argent, je serais forcé de vous faire arrêter en attendant qu'on examine les droits que vous prétendez avoir.

— C'est bon, murmura Michel avec un accent de haine. Nous verrons bien.

Il sortit du commissariat la rage au cœur, mais quand il arriva place Maubert, sa colère se changea en une terreur profonde. Deux gardes nationaux, dissimulés dans l'ombre du corridor, le happèrent au passage tandis qu'il apercevait, par la porte entr'ouverte de la cour, son taudis bouleversé par une perquisition minutieuse.

Immédiatement, il comprit ou crut comprendre le rôle que Mme Collin avait joué dans son arrestation et son âme basse et violente fit, sur l'heure, un serment de vengeance terrible.

C'était en réalité, le rapport Franchetti, arrivant le matin à la Préfecture en même temps que celui du commissaire de police qui avait fait la lumière. La ressemblance des signalements avait donné l'éveil, l'enquête dans le quartier avait confirmé les soupçons et la perquisition les changeait en certitude.

Michel fut donc incarcéré à la conciergerie et devait être jugé à son tour de rôle. Le 18 mars, une influence inconnue et probablement allemande avait ouvert pour lui les portes de la prison.

Le premier usage que le triste vagabond fit de sa liberté fut de venir rôder rue Lamartine afin de s'assurer que les victimes marquées par sa vengeance étaient encore là.

Mais Mme Collin avait eu soin de déménager afin de

soustraire son fils, qui venait de rentrer sain et sauf au foyer, aux exigences d'une lutte fratricide.

En vain le marchand de rats avait-il détaché des policiers, car, maintenant, il avait toute une petite armée sous ses ordres, la veuve ne fut pas trahie et son adresse était introuvable. Un hasard inespéré mettait soudain le chasseur sur la piste du gibier. Cette fois-ci Michel ne le laisserait pas échapper.

Au bout d'une demi-heure le mouchard revint rapportant à Michel tous les renseignements qu'il pouvait désirer. En l'écoutant le misérable ne put réprimer un mouvement de joie.

— Je la tiens pensa-t-il. Son fils me paiera de ma fille.

---

## XI

### TRISTE PAGE

Depuis le matin, les mitrailleuses grondaient. C'était l'épilogue de la guerre civile. Les fédérés, repoussés de rues en rues par les bataillons de Versailles, reculaient pied à pied en incendiant tout derrière eux.

Des pâtés énormes de maisons flambaient comme des allumettes. Sur l'immense brasier, la fumée du pétrole planait. Dans cette atmosphère étouffante la population fuyait avec des cris d'épouvante. Tous se précipitaient aux barrières ou des Bavarois flegmatiques croisaient la baïonnette en répétant leur exaspérant *nix! nix!*

On ne passait pas. Le sabre allemand avait fait la part du feu. C'était Paris, Paris la ville palpitante, artiste, vibrante, Paris la ville merveille qui devait disparaître. Paris gênait Berlin

Et Paris, condamné, brûla; mais, comme autrefois l'oiseau sacré qui renaissait après l'incendie du soleil levant sur les autels d'Héliopolis, il sortit de la fournaise mieux trempé pour l'immortalité.

Depuis le matin la poudre crépite, l'incendie dévore et la terreur fait le reste. Les bataillons de Versailles ont enlevé Montmartre, position importante. Un autre groupe arrivant du côté de Saint-Germain a rapidement balayé la grande voie qui s'étend depuis la demi-lune jusqu'à l'hôtel-de-ville. Les barricades de la rue de Rivoli sont détruites par les fusiliers marins.

Les Fédérés se défendent avec le courage des fauves traqués. Enfin ils sont acculés dans le quartier de la Roquette et se réfugient dans le cimetière du père Lachaise.

Là, ils construisent à la hâte des retranchements avec les pierres tombales brutalement arrachées de leurs alvéoles de mousse et ces figures sans nom, noires de poudre, convulsées d'une terreur haineuse, durent faire croire aux âmes errantes dans le champ du suprême repos qu'une légion de vampires s'étaient abattus sur leurs dépouilles.

Une partie de fédérés s'étaient réfugiés dans le faubourg Saint-Antoine, avaient envahi, de force les maisons fermées et obligé les locataires tremblants à les cacher.

Dans un modeste appartement de la rue Beaubourg, deux femmes priaient, anxieuses. Un coup formidable frappé à leur porte les réveilla de leur douloureuse extase.

Madeleine n'avait pas eu le temps de traverser le corridor, que la porte volait en éclats sous les crosses des fusils et que cinquante hommes hâves, déguenillés envahissaient l'appartement.

Mme Collin jeta un cri. En tête de la bande sinistre elle avait reconnu Michel.

Celui-ci eut un rire de brute.

— Vous ne vous attendiez pas à me voir aujourd'hui ; la bourgeoise! Fallait faire mettre un verrou de plus à la prison où vous m'avez fait coffrer.

— Quelle prison? murmura Madeleine éperdue.

— Ne faites pas l'innocente, ma poulette. Madame votre mère — il fit un salut ironique — Madame votre mère sait bien ce que je veux dire. Heureusement pour vous que je ne suis pas méchant. Nous ne sommes pas venus ici pour vous tourmenter mais seulement pour inviter le citoyen André Collin à marcher avec nous contre ces bandits de Versailles.

Mme Collin devint plus blanche qu'une statue.

— Mais, mon fils n'est pas ici, dit-elle avec une assurance qui était un véritable acte d'héroïsme.

— C'est ce que nous allons voir la petite mère, dit grossièrement Michel.

Puis se retournant vers ses compagnons de brigandages :

— Fouillez et soigneusement vous autres,

L'ignoble perquisition commença. Serrées l'une contre l'autre les deux femmes tremblaient et n'échangeaient pas une parole de peur de trahir André.

Depuis l'armistice, le jeune officier était rentré au

foyer. La mère, en le revoyant sain et sauf, avait ouvert les bras et l'enfant était tombé sur un cœur dilaté par la plus immense somme de joie que puisse contenir une poitrine humaine.

Les jours heureux avaient été courts. Dès que le tocsin de la guerre civile s'était fait entendre, André, qui s'était battu comme un lion contre les Allemands, avait été pris de peur et de dégoût devant la perspective d'une guerre sacrilège entre frères. La petite famille avait déménagé secrètement et Mme Collin avait pris toutes ses précautions pour qu'on ne la retrouvât pas facilement. Elle était hantée par le souvenir de cet homme que le commissaire de police lui avait dit être incarcéré pour espionnage politique. La proclamation de la commune dont le premier acte avait été de grâcier tous les bandits que la justice avait mis dans l'impossibilité de nuire, lui avait inspiré une terreur profonde.

Aujourd'hui, son pressentiment prenait corps. Les méchants ne font jamais grâce. La vengeance sinistre était là.

Cependant les bandits n'avaient rien trouvé. Les femmes se rassuraient, Michel ne se possédait plus de rage.

— C'est impossible, dit-il à ses hommes ; il est ici ; vous avez mal cherché.

— Faites excuse, commandant, nous avons cherché partout.

Michel recommença la perquisition lui-même, mais

sans plus de succès. Tout à coup un éclair de joie haineuse illumina ses yeux méchants.

— Que je suis bête de me donner tant de mal dit-il. Le lièvre est au gîte, il faudra bien qu'il en sorte.

— Vous autres, épaulez vos armes et fusillez-moi ces deux citoyennes, séance tenante.

Les bourreaux se préparaient à obéir lorsqu'une porte, sans chambranle, parfaitement dissimulée par la tapisserie s'ouvrit violemment et un jeune homme de haute stature, de mine résolue, tomba au milieu de l'ignoble groupe un revolver à chaque poing.

— Lâches bandits! cria-t-il. Vous assassinez des femmes!

Michel eut un gros rire.

— Bas les armes, vous autres, et toi aussi, citoyen! Nous n'assassinons personne, mais tu vas nous suivre. On se bat pour le peuple dans les rues; un beau gaillard de ton encolure n'est pas fait pour rester les bras croisés.

— Vous suivre, dit l'officier la tête haute, jamais. Par pitié pour le sang français je n'ai point pris les armes contre vous, mais n'espérez pas que j'irai grossir vos rangs.

— Comme tu voudras, l'ami, dit Michel avec un faux air bonhomme. Allons vous autres fusillez-moi cette mauvaise citoyenne qui a élevé son fils dans la haine du peuple.

L'officier fit un pas en avant ses deux pistolets tendus.

— Le premier qui bouge, dit-il d'une voix froide et brève, est un homme mort.

Et ces lâches qui tuaient les enfants et les femmes s'arrêtèrent devant un homme seul contre cinq.

— Allez-vous m'obéir, vous autres ! hurla Michel.

Mais l'officier toujours calme :

— Fusils à terre, dit-il, et garrottez cet homme.

Les fédérés hésitants regardaient Michel.

— Garrottez cet homme, répéta l'officier en dirigeant l'un des pistolets vers celui qui paraissait influencer les autres. Vous ne voyez donc pas qu'il vous conduit à la ruine, à la mort !

Une rumeur énorme monta de la rue.

— Voici les vengeurs de l'ordre, continua l'officier ; voici les soldats de Versailles. Garrottez cet homme vous-même, car je n'y veux pas toucher. Mettez vos armes derrière ce rideau et passez dans la pièce voisine. Je réponds de vous sauver.

Ce mot fut décisif. Les quatre compagnons de Michel, pauvres diables recrutés de force, avec la baïonnette dans le dos, se jetèrent sur leur chef et l'attachèrent, malgré sa résistance énergique, de façon à ce qu'il ne put faire un mouvement.

André fit aussitôt disparaître les fusils derrière un rideau qui séparait la chambre d'un cabinet de toilette. Puis il ouvrit la fenêtre donnant sur la rue, agita son képi galonné et cria d'une voix de stentor :

A moi, Versailles !

D'un bataillon qui traversait la rue Beaubourg au

pas de course, quelques hommes se détachèrent et montèrent dans la maison.

Arrivée des soldats de Versailles.

— Voici une capture importante, dit le jeune capitaine, en montrant Michel ; c'est un chef dangereux de la commune que quelques braves gens du quartier ont arrêté et m'ont amené.

— Eh bien, on va le descendre, répondit un lieutenant de volontaires. Son compte ne sera pas long à régler, allez, quatre balles dans la tête et tout sera dit.

M^me^ Collin jeta à son fils un regard expressif qui désignait Madeleine. Après tout, le misérable était peut être son père.

— Il faut se défier des exécutions sommaires, dit André. Je crois qu'il est coupable. Mais il serait plus équitable de le déférer à la cour martiale que de l'exécuter séance tenante.

— Soit, dit le lieutenant. Vous vous en constituez le gardien responsable, capitaine. C'est la seule capture que vous ayez faite.

— Oui, dit l'officier, non sans hésiter un peu.

Le lieutenant inscrivit le nom et l'adresse de la famille Collin et redescendit.

Dès qu'il eût disparu, André entra dans la petite pièce où se tenaient les quatre hommes tremblants.

— Eh bien, leur dit-il, vous l'échappez belle. Maintenant, il faut vous confesser franchement. Qui êtes-vous?

Ils se nommèrent et racontèrent sommairement leur histoire qui était celle de beaucoup de bons ouvriers enveloppés malgré eux dans la crise.

— Mais malheureux, dit André, vous étiez tous de braves gens et d'honnêtes pères de famille! Qui donc vous a conduits là?

L'un d'eux, un homme encore jeune à la figure timide prit la parole.

— Nous avons été enrôlés de force, capitaine. Mon frère, mon beau-père mon apprenti que voilà et moi, nous nous étions cachés dans la cave, dans des futailles vides. La concierge qui est une pétroleuse nous a trahis quand cet homme qui nous conduisait tout à l'heure est venu dans la maison pour faire une réquisition d'hommes. Il a fallu marcher de force ; sans cela on était fusillé séance tenante.

— Et la mort vous a fait peur ? dit l'officier.

— Dame, mon capitaine, quand on a de la famille...

— Avant la famille, dit André, il y a la Patrie, il y a le devoir. Mais on ne vous apprend plus rien de tout cela....

Le jeune homme baissa la tête et ne répondit pas.

— Si vous saviez, mon officier, reprit celui que le premier avait désigné comme son frère, si vous saviez ce qu'il y en a eu dans notre cas, en ce moment-ci à Paris ! La Commune payait quelques mauvais garnements pour nous raccoler de force dans la rue ; et pendant que nous les suivions tremblants, ils criaient à tue tête : Vive la Commune ! afin de faire croire que nous marchions de plein gré.

Vous n'avez pas idée des ruses que les ouvriers parisiens ont employées pour leur échapper ; si nous avions eu de l'argent nous serions partis comme les bourgeois et les riches, mais quand on vit au jour le jour, c'est impossible.

Les premiers jours où tout marchait à leur gré, ils

ont trouvé assez de paradeurs de bonne volonté pour laisser tranquilles ceux qui ne voulaient se mêler de rien. Mais quand les choses ont mal tourné, ils ont voulu des soldats et ont fait une chasse impitoyable aux récalcitrants.

— Et vos chefs, étaient-ils parisiens ?

— Quelques-uns, mais très peu et encore ceux-là n'avaient qu'une très petite influence, car c'étaient de mauvais ouvriers débauchés, querelleurs, perdus de dettes que tous les camarades connaissaient trop pour avoir la moindre confiance en eux et la moindre envie de leur obéir. Tous les autres chefs étaient russes, polonais, italiens, allemands ou belges....

— Pauvre France ! soupira l'officier. Pauvre peuple qui sera si lent à comprendre que les révolutions du progrès et du travail sont les seules qui ne fassent pas de ruines !

— Otez-moi ces ceintures rouges qui déshonorent vos bourgerons de travaillenrs, continua-t-il ; ôtez ces galons à vos képis, reprenez vos fusils et suivez-moi. Le plus âgé de vous restera ici pour défendre ma mère et ma sœur et garder le prisonnier.

— André, s'écria la pauvre mère, André, où vas-tu donc !

— Me battre, maman, répondit le vaillant avec un doux sourire. Si je n'aide pas ces malheureux fourvoyés à réparer leur faute, je serai obligé de les dénoncer ou d'en rester complice.

Allons les amis ! « Criez un peu Vive la France ! » La France, c'est votre famille, c'est la mienne, c'est la maison, c'est le sol, c'est l'avenir, c'est tout ce que Dieu — qui existe, mes amis, quoi qu'on en dise — c'est tout ce que Dieu vous a donné pour l'aimer et le défendre. En criant : Vive la France, vous êtes sûr de ne point vous tromper !

— Ah ! si on nous avait toujours parlé ainsi, dit un des ouvriers !

— Parbleu, reprit l'officier, les meneurs se garderont toujours de parler ainsi au troupeau qu'ils mènent. Vive la France, c'est un cri gratuit, ça ne rapporte rien. Vive le Roi, Vive la République, Vive la Commune cela peut rapporter quelque chose. Voilà le secret de la comédie, mes braves gens !

— Cependant il faut un gouvernement, hasarda timidement le plus âgé.

— Sans doute ; mais ceux qui *ne savent pas* comme vous, ou qui doivent, par état, obéir comme moi, souhaitent le meilleur gouvernement en criant tout bonnement : Vive la France !

Et jusqu'au soir les bataillons de Versailles qui expurgeaient le faubourg Saint-Antoine, virent avec surprise quatre ouvriers aux bourgerons noirs de poudre, monter avec furie à l'assaut des barricades communistes, groupés autour d'un jeune officier qui portait le brillant costume des chasseurs d'afrique.

Le lendemain matin, le sang fumait encore mais audessus des tristes monceaux de pierres brûlées et de chairs saignantes, l'affiche blanche du gouvernement de Versailles, disait sa proclamation pacifique et conjurait les citoyens de s'unir pour rétablir la confiance et ramener la prospérité.

Le masque allemand grimaçait de haine inassouvie ; mais Paris, noyé par son écume cosmopolite, était sauvé par ses Parisiens :

*Fluctuat nec mergitur.*

---

# XII

## LENDEMAIN

Un mois s'est écoulé ; un mois, un atôme dans l'histoire du temps et déjà le cauchemar est oublié.

Les bruits pacifiques de l'industrie en mouvement ont remplacé les sourds grondements de la guerre, et, sans les ruines qui fument encore et les deuils qui pleurent pour toujours, on pourrait croire que la marche prospère du pays n'a pas été interrompue.

Les corps allemands quittent, l'un après l'autre, les départements ; le cercle détesté s'élargit. Paris d'abord respire ; puis la province. Enfin le jour approche où le dernier uniforme prussien aura passé la frontière.

On s'arrache les journaux pour suivre leur recul avec autant de fièvre qu'on écoutait leur arrivée. On y cherche avidement, aussi, mais avec plus de tristesse, l'histoire de la revanche de l'ordre.

Le procès des communards s'instruit à Versailles où l'Orangerie a été transformée en prison. Chaque jour on refait, page à page, la triste histoire de l'insurrection et les hommes de cœur qui ont accepté cette pénible tâche, constatent, avec un écœurement indicible, que ce n'est point, comme on aurait pu le croire, la misère qui a été la sinistre pourvoyeuse de l'armée du crime. C'est avec des mots, des paroles creuses, prêchant les utopies coupables, que l'on a massé les bataillons de la révolte.

Ce n'est point parce qu'ils n'avaient pas de pain que ces ouvriers ont fait le coup de feu, c'est parce qu'on leur a dit que le pain des autres était plus blanc que le leur. L'envie, toujours; l'envie alimentée par la paresse, cette plaie des grandes villes, cette épidémie qui sévit sur le patriotisme, car elle est la source de la guerre civile.

— Eh bien ! André, rien sur le journal, aujourd'hui ?

— Non maman, répondit le jeune homme qui venait de parcourir l'interrogatoire des accusés du jour à Versailles.

— C'est égal; il faudrait agir, reprit M^me^ Collin.

— Le colonel Humbert m'a promis de s'en occuper, maman; j'attends une réponse à la lettre que je lui ai écrite à ce sujet, la semaine dernière; je suis même étonné de ne l'avoir point encore reçue.

A cet instant, un coup de sonnette retentit.

— C'est Madeleine, dit M^me^ Collin; pas un mot de

tout ceci, devant elle. Il faut qu'elle ignore cette triste histoire jusqu'au bout.

Mme Collin alla ouvrir et Madeleine entra, aussi rayonnante, aussi fraîche que le bouquet qu'elle tenait à la main.

André la regardait et se demandait avec surprise comment ce pur diamant d'innocence avait pu sortir d'un milieu fangeux.

C'est que, quel que soit notre point de départ, quelles que soient l'humilité ou la rudesse de la place que nous devons occuper en ce monde, il est toujours possible à l'enfant, qui marche résolument dans la vie du travail, de grandir moralement et de devenir supérieur à sa situation. Ce n'est point de changer de place qui prouve la valeur d'un homme, c'est de tenir noblement celle que la volonté divine lui assigne. Il n'y a pas de tâche trop petite. Tout ce qu'on veut réellement bien faire est assez difficile à accomplir, pour occuper pleinement une existence tout entière. Se jeter par ambition ou faux jugement dans une autre voie, c'est produire l'encombrement et la perturbation dans le grand ordre établi d'avance. Et cet ordre est établi par une prévision qui ne peut se tromper ni sur les gens ni sur les choses.

Madeleine avait prêté la main à l'œuvre de sauvetage qu'on avait tentée sur elle. Les bons conseils écoutés, et le travail de chaque jour avaient fait de l'enfant vouée au vice, la fleur printannière et charmante qui rayonnait au foyer.

— Bonjour maman ! André, une lettre pour toi.

André prit la lettre vivement et jeta un coup d'œil à sa mère qui comprit aussitôt que c'était la réponse attendue.

Cependant la jeune fille s'était lestement débarrassée de son chapeau de paille, un vrai chapeau de jeune fille, simple paille vernie ornée d'un bouquet de cerises. Car M^me^ Collin n'avait jamais permis à Madeleine de s'affubler de ces modes ridicules qui, par leur exagération grotesque, enlaidissent les plus jolis visages. Elle commençait à ranger le ménage, soin dont elle déchargeait complètement sa mère adoptive.

L'officier, après avoir lu sa lettre, l'avait passée à sa mère et pendant que celle-ci lisait attentivement, André suivait des yeux Madeleine qui allait et venait comme un oiseau.

Il se disait naïvement qu'elle avait bien changé, depuis le jour où, dans son costume de maréchal de la grande duchesse, il l'avait ramassée, paquet informe et vagissant, derrière la porte cochère de sa maison.

Puis les années avaient passé sans qu'il en eût souvenir; car la jeunesse est ingrate, et ces heures dorées que l'abri du foyer domestique rend si légères, si insoucieuses, s'oublient à mesure qu'elles passent et ne rentrent dans la mémoire que plus tard, bien plus tard, lorsque le panoranna désolé de la vie fait au cœur un besoin de retourner en arrière.

Madeleine avait quitté le petit salon où l'on se tenait d'ordinaire. On l'entendait maintenant faire la chasse à la poussière dans la salle à manger.

— Ce sera difficile de le tirer de là, dit Mme Collin, en replaçant la lettre dans son enveloppe.

— Nous essaierons, cependant, dit André.

— Je crois que tout ce qu'on pourrait obtenir serait une commutation de peine.

— Le père de Madeleine ne peut aller au bagne, dit gravement l'officier, puisque Madeleine sera ma femme.

Mme Collin mit la main sur l'épaule de son fils.

— Tu l'aimes donc bien, dit-elle, avec ce sourire triomphant des mères, à l'heure où elles trouvent un cœur d'homme dans la poitrine du petit enfant qu'elles ont bercé.

— Mais, maman, elle est parfaite, puisque c'est toi qui l'a élevée, répondit André en embrassant sa mère.

— Flatteur! voilà un baiser que je dois rendre à Madeleine, dit l'heureuse mère en riant. Mais, ajouta-t-elle, en redevenant grave, comment allons-nous faire pour sauver ce malheureux? Et d'abord, sommes-nous sûrs qu'il est son père?

— L'enquête que j'ai faite, de concert avec le commissaire de police, ne nous laisse plus aucun doute à ce sujet, maman, dit le jeune homme. Ce misérable est bien le père de notre pauvre Madeleine, ce mauvais ouvrier qui tuait ou blessait ses enfants.

Nous le sauverons; ce n'est pas le plus difficile; mais, après, qu'en ferons-nous?

— Oui, qu'en ferons-nous, dit Mme Collin très inquiète. Espères-tu qu'on puisse le rendre à l'honnêteté, du travail?

— Non, répondit franchement André. Il arrive une heure où l'on ne peut plus remonter la route du vice ; et même, si quelque main charitable nous aide à sortir du goufre, vous y retournerez invinciblement. La nostalgie des bas-fonds !

Enfin, sauvons-le toujours ; nous aviserons ensuite.

Quelques jours plus tard, André rentrant au moment de déjeuner dit à sa mère sn se mettant à table :

— Maman, je serai peut être en retard pour dîner ; aussi, ne m'attendez pas. J'ai affaire à Versailles.

Mme Collin releva la tête. Son fils lui fit, des yeux, un signe imperceptible qui passa inaperçu de Madeleine.

Le repas terminé, André descendit, héla un fiacre, se fit conduire à la gare du Hàvre, et prit son billet pour Versailles.

Dix minutes, après, il était en route.

Tout en fumant son cigare, il réfléchissait au meilleur plan à suivre.

La lettre qu'il avait reçue le matin ne lui laissait aucun doute sur le sort réservé à l'ancien marchand de rats.

Avant de procéder au jugement de chacun, la cour réunissait une série de documents sérieux, contrôlés, destinés à éclairer sa religion sur l'accusé. Rien n'était omis dans ces dossiers, ni les antécédents, ni la période d'enfance, souvent si décisive pour la voie suivie plus tard, ni les circonstances atténuantes du milieu ambiant ou de la misère.

Mais aussi les faits imputés à chacun y avaient leur

place, leur formule technique et impitoyable. Ce n'était ni une œuvre de vengeance, ni une œuvre de miséricorde qu'avait à faire la cour de Versailles; c'était une œuvre de justice, de protection, envers la Société blessée dans ses lois et sa morale.

Le dossier de Michel était accablant. Elevé par de bons parents, il n'avait su profiter ni des bons conseils, ni des bons exemples. L'instruction qu'on lui avait fait donner comme moyen d'amélioration, il l'avait employée au mal.

Dès que son esprit avait pu produire, il l'avait détourné du bien. Lorsque ses parents l'eurent mis en apprentissage, il flânait le jour ; et, le soir, perdait un temps précieux dans ces réunions basses où l'homme s'amoindrit par l'intempérance. Plus tard, poussé par l'orgueil, par ce besoin de dominer qui, bien dirigé, fait accomplir de grandes choses, il était devenu l'oracle de ces temples de carrefour, l'orateur de ces tribunes suintantes d'erreurs et de petit bleu : un Gambetta au petit pied.

Et furieux, hianeux de porter le bourgeron, tandis que d'autres endossaient la redingote, d'être pauvre tandis qu'il y avait des riches, aveuglé par l'envie, il ne voyait pas que le labeur se retrouve à tous les degrés de l'échelle ; que tout ce qui veut se maintenir travaille, et que la chute profonde est à celui qui ne veut point travailler.

On lui avait pourtant dit sur les bancs de l'école que l'homme trouve en naissant trois grands mandats à remplir ; devoirs envers Dieu, envers la Famille, envers la Patrie.

Il avait oublié Dieu, renié la Famille, vendu la Patrie !

Poussé par cette loi vengeresse, immuable qui veut que celui qui s'affranchit du travail honnête soit le forçat des œuvres basses, il s'était fait espion pour un peu de cet or qu'il aurait pu gagner avec de loyaux outils.

Les preuves de son crime étaient indiscutables ; et l'officier en relisant l'extrait sommaire de ce triste dossier sentait bien qu'il serait difficile d'arracher le misérable au terrible sort qui l'attendait.

Et cependant, il le fallait. La vie de Madeleine serait à jamais empoisonnée, si quelque jour elle découvrait la triste vérité et la fin sinistre de son père...

Le train entrait en gare de Versailles. L'officier se rendit immédiatement à la place et demanda le colonel Humbert. Comme il avait pris la précaution de faire passer sa carte, il n'attendit pas longtemps.

— Eh bien ! mon ami, dit le colonel Humbert, un vieux troupier, à moustaches grises, qu'est-ce qui vous amène ?

André serra la main qu'on lui tendait et répondit :

— La lettre que vous m'avez écrite et que j'ai reçue ce matin.

— Ah ! dit le colonel avec une pointe d'étonnement dans la voix, asseyez-vous, mon cher enfant. Vous venez me parler du détenu Michel ; et, sans trop de curiosité, pourquoi donc ce misérable, qui ne me paraît pourtant guère intéressant, vous tient-il si fort au cœur?

André hésita, puis levant son franc regard sur la figure paternelle qui l'interrogeait, il répondit simplement :

— Parce qu'il est le père de ma fiancée. Alors, il raconta au vieil ami d'enfance de son père l'histoire touchante de Madeleine. On l'avait trouvée blessée comme un petit oiseau tombé du nid ; l'excellente madame Collin l'avait élevée avec tendresse. Dans cette chaude atmosphère d'affection et de vertu l'enfant était devenue une jeune fille adorable, une modèle de toutes les perfections, un ange qui...

Le colonel se mit à rire.

— Connu, mon enfant, toutes les femmes sont des anges... avant.

— Oh ! colonel, si vous connaissiez Madeleine !

— J'espère bien la connaître, parbleu ! Je pense que tu m'inviteras à ta noce. Mais ce n'est pas de cela qu'il s'agit. Le plus pressé est d'arranger l'affaire du père.

Le colonel se mit à son bureau et feuilleta une liasse de papier. Il secoua la tête et dit avec découragement :

— Mon pauvre enfant, je crains que nous n'y arrivions pas. Les charges qui pèsent sur lui sont accablantes. C'est un de nos plus mauvais dossiers. Il sera condamné à mort, c'est certain. Cela vaudrait mieux pour vous que Nouméa à perpétuité.

André ne répondit pas. Il semblait atterré.

— Je ne vois aucune décharge à son actif, dit le colonel. Mauvais sur toute la ligne. Il n'a qu'une chance, c'est de s'évader...

André releva la tête.

— Seulement, reprit le colonel, il serait aussi imprudent que coupable de lâcher de nouveau une pareille bête malfaisante sur la société.

André reprit son attitude découragée. Son vieil ami, en frappant à l'honneur avait touché juste.

Si l'on était certain, reprit le colonel, tout en classant ses papiers, que cet homme une fois sorti de prison s'expatriât et s'en allât bien loin demander une régénération au travail...

André serra la main du brave colonel qui venait, sans en avoir l'air, de lui tracer un plan conciliant la réalisation de leurs vœux et les exigences de la justice. Sans doute, on ne pouvait lâcher cette bête malfaisante, comme disait le vieil ami; mais on pouvait le museler, se faire le justicier privé de cette existence coupable et sauver ainsi de la dernière honte le nom que portait Madeleine.

— Pourrais-je voir ce malheureux ! dit André au colonel.

— Certainement, je vais te délivrer un permis. Pour quel jour le veux-tu?

André réfléchit pendant quelques secondes. — Je

n'en aurai besoin que dans quelques jours. Il est nécessaire que je prenne d'ici là, certaines dispositions.

Le colonel Humbert rédigea le permis et le remit à son protégé en lui disant encore en manière d'acquit de conscience :

— Ma foi, mon cher enfant, je suis désolé, mais je ne puis rien faire pour ce gredin.

---

## XIII

### L'EVASION

M^me^ Collin, qui guettait par la fenêtre le retour de son fils, lui ouvrit la porte et le fit entrer dans sa chambre sans éveiller l'attention de Madeleine qui s'occupait, dans la salle à manger, d'un modeste travail de couture.

— Eh bien? dit-elle.

André raconta l'entretien qu'il avait eu avec le colonel Humbert.

— Allons, dit M^me^ Collin, je vois que son évasion ne sera pas difficile car on fermera les yeux. Mais qu'en ferons-nous?

Le colonel Humbert a raison : nous serions coupables de rendre à ce méchant les moyens de faire le mal..... d'autre part, je ne me sens pas le courage de le prendre avec nous...

— Oh cela, c'est impossible ! dit André.

— N'est-ce pas ? Alors, que faire ?

— Si j'allais demander à Maurice de le faire prendre comme manœuvrier dans son établissement du Brésil ?

— C'est une très bonne idée, André, Il faut voir Maurice tout de suite.

Maurice était un camarade de collége d'André. Pendant que ce dernier suivait la carrière des armes, il avait choisi les voies industrielles où il avait pleinement réussi. Il accueillit la requête de son ami avec beaucoup d'obligeance et lui dit en riant :

— Ma foi, si c'est une œuvre de rédemption que tu veux tenter, André, tu ne peux pas mieux t'adresser qu'à moi. Nos meneurs de bestiaux passent quelquefois trois à quatre mois dans l'intérieur des terres sans autres conseils que ceux de la nature car, à cent lieues à la ronde, on ne trouve pas le plus petit vestige d'habitation.

Le plus malin n'y trouverait pas un discours à faire à moins qu'il monologue avec lui-même ; pas autre chose à faire battre ensemble que les montagnes ! De plus, si l'on veut manger, il faut prendre la peine de chasser son dîner ; si l'on veut se coucher, il faut récolter son lit. Impossible de se soustraire à la loi du travail et de vivre aux dépens des autres...

— Mais que font donc ces hommes ?

— Ils font paître le bétail à l'intérieur des terres et nous l'amènent à la saison des ventes. Ce sont des bergers, des palefreniers, des pasteurs si tu veux. Nous avons souvent employé à ce métier des gens qui fuyaient devant la punition de quelque méfait et jamais nous n'avons eu à nous plaindre d'eux. La solitude, l'ab-

Le bandit est mourant à l'hôpital (page 137).

sence des soucis pécuniaires, le grand air qui équilibre la santé, les amendent généralement bien mieux et plus vite que la prison. C'est l'affaire de ton communard.

André remercia vivement son ami et s'occupa d'avoir à la compagnie des transatlantiques un passage au nom de Charles Michel.

— Je n'ai pas besoin de déguiser son nom, dit-il, à sa mère. Ce nom là est extrêmement répandu et n'attirera pas l'attention.

Tous ces préliminaires indispensables au bon succès de l'opération étant terminés, André prit congé de sa mère pendant plusieurs jours, car, lui dit-il, je ne peux pas espérer réussir du premier coup. Peut-être même l'occasion propice se fera-t-elle longtemps attendre.

Le premier soin du jeune homme en arrivant à Versailles fut de se loger à l'Orangerie. Dès le premier soir, il constata que la seule difficulté qui pouvait gêner l'évasion était la présence des sentinelles.

Le lendemain il se rendit au greffe avec son permis et fut immédiàtement conduit à la cellule du prévenu.

En raison même des charges qui pesaient sur lui, on l'avait entièrement séparé des autres détenus réunis par petits groupes dans d'autres cellules. On craignait l'influence de son langage insidieux sur ces misérables dont beaucoup avaient été entraînés malgré eux.

Cette circonstance, du reste, se prêtait davantage au projet d'André. Une évasion en effet, eût été difficile, dans une salle habitée par plusieurs détenus.

Lorsque Michel aperçut André, il crut voir entrer la

vengeance, car les natures sanguinaires sont les plus lâches devant la mort.

La porte se referma et les deux hommes restèrent en présence.

— Me reconnaissez-vous, Michel? dit André.

Le misérable essaya d'affronter le clair regard du jeune homme.

— Je vous reconnais, dit-il.

— Avez-vous quelque regret de vos fautes, Michel?

— Est-ce que c'est Madame votre mère ou Mlle Madeleine qui vous envoient me faire de la morale, dit le cynique gredin, comprenant à l'attitude d'André qu'il ne lui voulait point de mal.

Le jeune homme eut un mouvement de dégoût en entendant sortir de cette bouche aussi venimeuse qu'une gueule de reptile les noms de sa mère et de sa fiancée. Mais il reprit bien vite possession de lui-même.

— Michel, dit-il gravement, vous êtes perdu. La cour martiale qui ne connaît que son devoir vous condamnera à mort.

— Pourquoi moi plutôt que les autres, dit audacieusement Michel. Je n'ai rien fait de plus que les autres moi!

— Si vous vous étiez seulement laissé entraîner, Michel, reprit André toujours grave, on pourrait avoir égard à la force du courant que les faibles ne savent pas remonter. Mais vous n'avez pas cette excuse; non vous ne l'avez pas, car l'enquête qu'on a faite sur vous vous a dénoncé comme un des meneurs les plus dangereux de ces tristes journées.

— Ce sont des mensonges comme savent en faire les réactionnaires, dit Michel avec emportement.

— De plus, continua André, sans relever l'insolente interruption de Michel, vous avez un autre crime sur la conscience. Vous étiez espion des Allemands!

L'homme pâlit.

— Si on peut dire! Il faudrait prouver!

— On a prouvé, Michel. Les preuves sont là, indiscutables, nombreuses. J'ai vu votre dossier...

Le gredin accablé, baissa la tête.

— Sauvez-moi, balbutia-t-il.

— Je vous sauverai, Michel, mais à une condition, c'est qu'une fois hors d'ici, vous quitterez la France et vous n'y rencontrerez jamais.

— Où irai-je? demanda l'homme dompté.

Où je vous enverrai, Michel. Rassurez-vous ; si vous êtes réellement déterminé à travailler, à devenir meilleur, vous ne serez pas malheureux. Mais si vous voulez que je vous tire d'ici il faut me promettre d'obéir.

— Je vous en donne ma parole d'honneur, dit le sinistre gredin, en prenant une de ses plus belles poses d'orateur de carrefour.

André accueillit cette « parole d'honneur » avec un sourire triste ; mais il n'était pas venu là pour philosopher. Il quitta Michel en lui promettant de revenir le lendemain.

— Rira bien qui rira le dernier, dit-il, lorsque l'officier fut trop loin pour l'entendre.

Et Michel se mit à rire par provision. Sans doute, on voulait l'envoyer dans quelque coin perdu où il crèverait de faim tout seul comme un chien, pendant que ce bel officier mènerait vie joyeuse avec sa fille. Mais lui, pas si bête. Il voulait sa part du gâteau. Puisqu'on prenait la fille on se chargerait aussi du vieux père ; c'était trop juste !

Et Michel s'endormit rêvant qu'il était enfin installé en bourgeois dans la petite maison de ses rêves entre Asnières et Suresnes.

Mais le lendemain se passa sans ramener la visite d'André. Michel fut pris d'une inquiétude immense.

Aurait-il changé d'avis? se demandait-il anxieusement. M'aurait-il deviné?

Puis il se rassurait.

— Bah ! disait-il avec un rire brutal, un gendre ne peut pas laisser « raccourcir » son beau-père !

André ne revint que quatre jours après. Michel eut un mouvement de joie en le voyant entrer, car il ne l'attendait plus.

— Vous m'aviez promis de revenir le lendemain, commença-t-il.

— Cela n'aurait pas été prudent, répondit André. Aujourd'hui la chose sera plus facile. Je connais le factionnaire. Mettez vite ces habits.

Et André tira de dessous son manteau un costume de maçon.

— On fait des réparations à l'Orangerie, dit-il. On vous prendra pour un ouvrier. Vous passerez le premier à quelques pas de moi, et nous nous rejoindrons au tournant de la rue.

Michel eut opéré sa transformation en un tour de main.

— On voit que ce métier là vous connaît, dit André:

L'espion rougit et ne souffla mot.

L'officier ouvrit la porte de la cellule. En le voyant, un planton de garde tourna le dos et s'enfonça dans l'embrasure d'une fenêtre. C'était le brosseur du colonel Humbert.

André fit signe à Michel qui sortit de la cellule et prit aussitôt le milieu du couloir. André lui désigna un seau de plâtre qui se trouvait dans une encoignure. Michel s'en saisit et se dirigea vers l'escalier de sortie, serré de près par André.

On franchit la porte sans encombre. A dix pas de la sentinelle, André dit entre ses dents :

— Tournez à gauche et arrêtez-vous.

L'homme tourna, mais au lieu de s'arrêter, il posa son seau à terre et prit ses jambes à son cou.

— Ma foi, tant pis pour lui, dit l'officier que ce dénouement ne surprit pas. Il l'aura voulu.

Il tira un revolver de sa poche, ajusta le fuyard et fit feu trois fois de suite.

Voilà un oiseau qui vous échappait, dit-il aux soldats accourus au bruit des détonations. Allez, il ne peut plus faire grande résistance, car s'il n'est pas mort, il est bien malade.

# XIV

## RÉDEMPTION

Le bandit est mourant à l'hôpital ; et, chose singulière, la colère, la haine et tout le triste cortège de l'envie n'assombrissent plus son front.

Il prend, d'une main tremblante, la potion que lui tend la sœur, et la boit sans détourner son regard d'une porte ouvrant sur le fond de la salle.

La bonne sœur a suivi l'œil du moribond. Elle dit avec un doux sourire :

— Il est bientôt l'heure. Elle va venir.

En effet la porte s'ouvre et Madeleine paraît, accompagnée de sa mère adoptive. Dans sa fraîche toilette d'été, l'enfant innocente semble une souriante promesse d'en haut, et les malades oublient un instant leurs souffrances et se soulèvent sur leur lit pour la voir passer.

— Eh bien, mon brave homme, nous allons mieux aujourd'hui, il me semble !

— Oh non, ma... mademoiselle !

Il aurait voulu dire Madeleine, mais ce droit, il l'a renié, perdu ! Il ne peut plus appeler cette enfant sa fille sans jeter sur l'avenir radieux de l'innocente toute l'infâmie de son passé. Il ne le fera pas, le misérable, car, déjà, les grandes lumières de la mort l'ont éclairé et l'ont rendu meilleur en lui révélant son ignominie qu'il regrette.

Puis, voilà quinze jours que cette enfant l'aide à mourir et l'innocence est aussi contagieuse que le mal, car Dieu permet que le bien ait sa revanche. Le mal a peur d'elle et bat en retraite dès qu'elle approche.

Non, il ne lui dira rien, le malheureux. Il aurait peur que la douce petite main, écartée par le dégoût, ne se retirât de ses paupières avant l'heure prochaine où il faudrait les clore.

Ce sera son expiation suprême de ne pas toucher à cette innocence et Dieu qui voit tout la pèsera. . . . .

Il y a déjà plusieurs années qu'il dort sous un tertre modeste et fleuri et chaque année lorsque Madeleine, la chère compagne d'André, conduit sur la tombe du « pauvre Michel » ses deux fils, anges blonds et rieurs, elle ne manque jamais de leur dire sans savoir qu'elle fait la triste histoire du grand-père.

— Aimez le travail, mes chers petits, car la paresse engendre la pauvreté; la misère crée l'envie et les envieux sont toujours de mauvais citoyens.

# TABLE DES MATIÈRES

# TABLE DES MATIÈRES



Limoges. — Imp. Marc BARBOU et Cie.

www.ingramcontent.com/pod-product-compliance
Ingram Content Group UK Ltd.
Pitfield, Milton Keynes, MK11 3LW, UK
UKHW021535260726
13993UKWH00002B/516

9 782329 564906